U0004264

野人

手斧男孩3
另一種結局
Brian's Winter

蓋瑞・伯森 Gary Paulsen◎著
鐘苑文、陳雅菁◎譯

目錄

第二部　冬天

前言

這本書是為了看完《手斧男孩》和《領帶河》之後寫信給我（我每天都接到兩百多封信）的讀者所寫的，這些讀者告訴我，他們覺得布萊恩的故事在獲救之後就戛然而止，「實在令人不知所措。」他們問：「如果布萊恩沒有獲救，必須在冬天裡求生，會發生什麼事？」

由於我自己曾親身經歷過冬日求生的經驗——參加過兩次狗拉雪橇大賽、小時候和青年時期也曾打獵、設陷阱捕獲獵物——如何在冬天求生這項挑戰讓我倍感興趣。因此我做了一些研究，寫了《另一種結局》，描寫萬一布萊恩沒有獲救，究竟會發生什麼事。

為了這個故事的效果，讀者必須改變《手斧男孩》已留在腦海中的印象，並假設布萊恩雖然在飛機上找到了救生包，卻無法啟動無線電訊號，所以無法獲救。除此之外，我希望本書能維持《手斧男孩》的真實性，同時也回答有關布萊恩在冬季求生的問題。

然而，重點是，布萊恩先前的知識是不可或缺的——他必須知道如何在夏天求生，才能嘗試在冬天裡生活。如果他是在冬天被扔到這兒，沒有在夏天從種種挫折中學得打獵、求生的知識，不管他的運氣或是能力有多好，都有可能會死掉。

第一部 秋天

1 被輕忽的預兆

秋天輕柔地來臨，以致於布萊恩沒有察覺到，自己即將面對的是北方針葉林的冬天，等他發現時，差點兒就來不及了。

他從沒有想到自己會在這裡待這麼久。自從墜機事件將他放逐野地，直到他在飛機上找到救生包之前，日子已一天天地過了五十四天。接著又過了三十五個北方的夏日，就像飛機剛失事後那般，過一天算一天。

但他依然非常忙碌。飛機上的救生包給了他一把點二二來福槍和五十發子彈、一把刀柄附有指北針的獵刀、幾只湯鍋和平底鍋、湯匙、刀叉、火柴、兩盞瓦斯燈、睡袋和泡棉睡墊、一個裡面有剪刀的

急救包、一頂寫著西斯納的帽子（譯按：西斯納是布萊恩搭乘的小飛機公司名稱）、釣魚線、假餌、釣鉤和錘標，以及幾包冷凍乾燥食品。

一開始，布萊恩盡力平均分配食物，卻發現不太可能。才兩個星期，他就把所有食物統統吃完了，還包括一包梅乾——那是他以前討厭的東西，但現在吃起來卻像糖果般，甚至讓他一坐下來就整包吃個精光。結果跟當初吃到嘔吐莓一樣，整個胃糾結在一起，還害他在糞坑裡待了一個多小時。

老實說，在食物統統吃完時，他有一種解脫感。那些食物讓他軟弱，讓他想要更多，而且他覺得自己在精神上遠離了森林，遠離了當下。他又恢復成城市小孩，想著漢堡和麥芽奶昔，甚至連做的夢也改變了。

墜機後的幾個星期，甚至幾個月裡，他常常做夢。一開始，所有的夢都是食物：吃過的、想吃但沒吃過的、吃過還想再吃的……隨著時間過去，關於食物的夢漸漸減少，換成了其他的人事物——朋友、父母（總是夢見他們很焦慮，非常渴望見到他；甚至夢見他們復合了），以及愈來愈多和女孩子有關的夢——就像食物一樣，他夢見認識的女孩、因不曾認識而感到遺憾的女孩、以及希望能認識的女孩。

但有了飛機上找到的補給品，他的夢又變回食物，東西吃完以後——似乎在很短的時間內就消耗光了——那種在他度過墜機最初的第一週就不再出現的飢餓感又回來了。之後整整一到兩個星期，他都處在一種痛苦的狀態，永遠沒有飽足的感覺，即使吃了一堆魚和兔子，甚至是傻瓜鳥，他想著的還是那些他吃不到的東西。而他似乎老是在生氣，不知怎麼的，永遠都吃不夠，氣得他整天都在亂摔東西，還一邊咒罵自己的命運。

當那些食物終於解決——或者更像被侵蝕殆盡，他覺得總算解脫了。就像是來了個討人厭的不速之客，最後終於把他送走的感覺一樣。也就在這時，他第一次真正注意到寒冷。

在用來福槍打獵的時候，他感覺到那個改變，似乎是某種淡淡的、

可以聞到的氣味。他起得很早，在第一道曙光出現之前就醒來，並決定花一整天來打獵，看看是否能抓到兩三隻傻瓜鳥。他對著前一晚放在火裡的木炭吹氣，直到木炭發紅，便加入一些乾草；乾草一放進去，馬上引燃了火焰。他用飛機救生包裡的鋁鍋燒了熱水。

「咖啡！」他喝了一口熱水。倒不是他喜歡咖啡，而是清晨喝點熱熱的飲料，可以讓一天開始得容易點——有點思考的時間，也為早晨做個計畫。太陽在他啜飲熱水時從湖面上出現，他第一百次注意到景色是那麼美麗——霧氣升起，新生的太陽像黃金般閃耀著。

他慎重地把灰燼堆到火上，以保持木炭的熱度，方便稍後再使用，然後拿起來福槍走進森林之中。

他馬上開始打獵。

所有聲音、任何動靜都逃不過他的眼睛、耳朵和心靈，而他也成了其中一部分。就在那個時候，他注意到有點不一樣。

這天，有著相同的空氣、相同的太陽、相同的早晨，卻有哪裡不一樣；一股新的涼意、新的觸覺、彷彿臉頰上一個輕柔的吻。因此，他停下腳步，抬手摸摸臉頰，碰觸方才涼意吹拂之處。

「怎麼不一樣？」他輕聲說：「什麼味道……」

與其說是味道，不如說是一種感覺、空氣中一股清新、一道寒意，一陣嶄新的涼爽輕輕拂過他的臉頰；一會兒存在、一會兒消失。他應該知道那是什麼，不過就在這個時候，他看到一隻兔子，便舉起小巧的來福槍，扣下扳機，卻只聽到卡嗒一聲。他重新扳起槍栓，確定彈膛中填充了彈藥，然後再次瞄準——兔子依然坐著不動——他再次扣下扳機。卡嗒！

他清了清槍管，把來福槍轉向曙光，一開始看不出有什麼不一樣。他一向很瞭解來福槍，雖然他不是那麼喜歡——槍的噪音與周遭環境格格不入，而且會嚇跑獵物——但他必須承認，用這個對著獵物下手，不但更容易，也快多了。他知道子彈有限，也撐不了多久，但他一直很倚賴這把來福槍。最後，他拉回槍栓，讓光線照進機械裝置

中。他看到了。

槍栓中的撞針跳脫了，更糟的是，沒有特殊工具是無法修復的，而他偏偏沒有那些工具。來福槍就此變得毫無用武之地，至少已經失去了槍的價值。他一邊咒罵，一邊準備走回營地，去拿他的弓箭。就在這一切進行之際，他完全忽視了自然的預告——那些在他試圖打兔子之前，拂上臉頰的警訊。

回到營地，他把來福槍放到一邊——說不定哪天可以拿來當做別的工具使用——然後拿起弓。

他變得過於倚賴來福槍，所以對於手中的弓和一大把箭一時感到有些陌生。離開營地之前，他停下來，對著圓土丘試射了好幾次。第一次射擊，離目標兩呎遠，他搖搖頭。

「專心點！」他心想：「把感覺找回來。」

第二次射擊時，他盯著目標，專注地盯著，拉開弓，停了半秒——將所有的注意力都集中在圓土丘上——當他輕輕一彈，放開箭，幾乎不需要看，箭便飛向小丘中心點。他知道箭會飛向哪裡，早在他放手之前就知道了，甚至幾乎在拉弓之前就知道了。

「從我的腦袋，」他想：「從我的腦袋經過我的手臂，一直到弓，到弦、到箭，都必須合為一體。也真的是一體的。」

他又射了三箭，每一箭都正中小丘中心點，然後才感到滿意。

他再度離開營地，將舊防風夾克做的箭袋背在右肩，慢慢走，觀察，傾聽，直到在一個小小的榛樹灌木叢中，看到兔子的背部曲線。

距離太遠了，於是，他在靠近之前先快速移開視線，動也不動地停了一會兒。他從森林、從錯誤中學到很多，其中之一就是，當獵物「感覺到」自己被發現時，便會逃竄而去。較好的觀察方式是往別的地方看，向側面移動，不要筆直前進。他往左邊走，讓灌木叢掩護他的移動，直到距離兔子不到十五呎遠。

他拉開弓，瞄準兔子的中心點，然後在感覺箭會飛往正確的方向時，鬆手。

箭差不多正中兔子胸部中心，乾淨俐落，幾乎一箭斃命。

並不是所有的獵殺都能那麼乾淨俐落，因此，他對這次結果感到滿意。他並沒有漸漸習慣於殺戮，即使他已經做了許多這樣的事情。

他學到一件事：沒有任何生命，不管是走路的、爬行的、飛翔的、游泳的、滑行的或蠕動的——沒有任何一種活在神的國度中的生物想死。無論人們怎麼說雞、魚或牛，牠們都希望活下去。

但是，布萊恩變成大自然的一部分，變成了掠奪者，變成長著兩隻腳的狼。有個自然界的基本事實，也幾乎是個定律：為了一隻狼的存活，某些生物必須死去。對於想要活下去的布萊恩而言，也是一樣。他的身體是一部機器，需要食物，需要卡路里，為了這些，某些生命就必須死去。但有時候事情進行得並不順利，有時箭沒有射中致命部位——心臟或肺部——兔子或松雞會死得更慢。

第一次發生時，一陣恐慌席捲了他。他射到兔子身體中間，肚子的地方，兔子想要逃跑，所以到處亂跳。他只好再度射向兔子，一次又一次，猛向這個可憐的小東西放箭，直到牠終於斷氣。當他煮那隻兔子來吃時——飢餓迫使他這麼做——吃起來好像木頭一樣，讓他噁心得差點兒沒吐出來。

他只喜歡來福槍的一個優點，就是可以快一點殺死獵物，因為創傷性的休克會使獵物昏厥，就像死了一樣。

但是，現在又得拿弓箭來用了。由於使用弓箭打獵的過程是如此寂靜，讓他更覺得自己是森林的一分子，因此帶著死兔子回營地時，他感到很輕鬆。

他重新點起火，開始清理兔子的時候，已經是下午了。從飛機上取回救生包後，他的生活有了很大的改變。現在他有了獵刀，清理獵物也就變得更加簡單，且快速多了。

他依舊不浪費任何東西，用刀謹慎地從兔子腹部中間剖開，剝去皮，取出內臟，然後用刀子彎曲的部分將各腔室清乾淨。頭、肺、腸、胃和肝留下來當做魚餌及魚飼料，心臟也是一樣。然後將身體分

切成一大塊一大塊帶骨的肉，放入裝有新鮮湖水的鍋子中，用火把肉煮熟。

他發現，最好煮熟所有的東西。最初他在柴火上烤肉——那是他以前在電影及電視上看過的——但那是錯的。放在火焰上加熱的同時，所有肉汁——所有的維生素及營養——全部滴入火中，統統都浪費掉了。但是，用燉煮的方式煮肉，在喝肉汁時，對他而言不只是有營養的湯，也讓他有東西可喝。

煮肉的同時，他背靠在棚屋入口旁的石牆上，陷入短暫思考。他很驚訝自己坐下來思考的時間竟然如此少。似乎在這裡待的時間愈長——他用記號來計算日子，已經有六十八個記號了——就愈是如此。

柴火是無止境的例行工作，只要他在，不論何時，都要讓火持續燃燒著，離開前也會用灰燼將火苗覆蓋好。自從他燒完營區附近容易取得的木材後，就要花更多時間帶木材回來，但是他的生活不只是這樣，所有的事情似乎都要一再重複。

他起床後就去檢查釣魚線，將釣到的魚全都移到岸邊的魚池儲存。然後晾乾睡袋，去上廁所；接著獵捕當天的肉食，並且清理乾淨（如果他有獵殺什麼動物的話，但他不常這麼做）；之後下廚，將毛皮張掛起來晒乾（如果是兔子），然後吃飯，然後為了夜晚及接下來的每一天，用灰燼覆蓋火堆，一天就結束了……

暫停工作、坐下來思考，是一件非常罕見的事情。一開始他並不喜歡，因為這會勾起他的回憶，令他想家，讓他開始思念爸爸、媽媽以及其他生活的點點滴滴。

但他現在非常喜歡這個時刻，而且他把這天的這段時間用來進行他所謂的「拜訪」：想像自己帶某一個人到他腦中的「世界」，和對方坐下來聊天。這個人通常是爸爸或媽媽，有時是朋友，也有一兩次是電影明星或搖滾巨星。

起初他擔心自己是不是瘋了，但仔細思考後，得到了一個結論：如果他覺得自己瘋了，就不是真的瘋了。因為他曾聽說，發瘋的人並不

知道自己有精神病。所以他繼續進行著「拜訪」。

現在他坐下來拜訪媽媽。他朝著湖的對岸望去，讓自己的眼睛失焦後，就能看見她的臉、聽見她的笑聲，並且想像跟她坐下來交談，問她最近過得如何、告訴她，自己現在在做什麼。才過了一會兒，他驚訝地發現肉已經煮好了。

布萊恩從火上移開鍋子放涼，然後走去查看釣魚線。有一條大小剛好可以用平底鍋烹煮的小魚上鉤了，還有著藍色的鰓。他取下魚鉤，將魚放入池中，跟其他魚關在一起。

這個小魚池是他唯一「儲存」的食物，無論多小的魚他都會留著，因為他在這裡學到：食物就是一切；一切的一切，別無其他。正因為如此，不論是多小的魚，都不能放走。

他回到棚屋，肉和湯都涼了。他吃得很快，因為他在取出兔子內臟時，蒼蠅都會靠近，在他吃飯時，牠們也會留下來吃晚餐。他拂開蒼蠅，開始吃骨頭上的肉，一邊喝足足有一夸脫的湯。蒼蠅會跟著他到

湖邊，直到鍋子洗乾淨，聞不出任何食物的味道才離開。

他堆放木材，做為夜間的營火，然後用松樹把床重新疊好，把睡袋和睡墊打開放在上面，這時，他得到另一個他忽視的警告。

當他滑入睡袋後，翻身，感覺到柴火的熱氣從開口傳到他的臉上，但並未讓他有任何不適。他舒舒服服地蜷伏在睡袋裡，因為溫暖而感到高興，這是他第一次在這個季節因為這個理由而高興——表示天氣開始變冷了——這的確讓他有點兒困惑。

他閉上眼睛，像個嬰兒般睡著了。

2 頭號敵人

接下來兩個星期，天氣愈來愈暖和，也一天比一天燦爛，尋找食物似乎也容易多了。布萊恩每天都會抓到傻瓜鳥或兔子，甚至有一天還抓到三隻傻瓜鳥。

他吃掉所有東西，覺得自己又胖又懶，某天下午還做了日光浴。不能說他很快樂，因為他花太多時間在孤單中找尋真正的快樂。但他發現自己在營地工作時，臉上總是帶著微笑，而且真的期待在溫柔的午後找來更多木頭，只因為這件事可以讓他在森林裡到處翻搜。

他交了許多朋友，至少認識了一些動物。鳥兒對他特別重要。晚上，貓頭鷹輕輕發出叫聲，用一種像鬼在呻吟般的嗓音呼叫著同伴，

把布萊恩給嚇壞了。直到他終於在一個滿月的晚上——那晚幾乎就像陰天一樣亮——看到一隻貓頭鷹在叫，這才不再害怕。他在牠們的叫聲中睡去，如果牠們靜止了一陣子，他就會醒來。

破曉前，黯淡的光線開始穿透樹林，在白天活動的小鳥開始歌唱。牠們剛開始唱得很慢，但是當光線亮到大概有十碼的能見度後，所有的鳥兒都開始歌唱。唱歌的鳥兒似乎有上千隻，讓布萊恩睡意全消。

起初這一切都像是噪音。但他學會聆聽之後，發現牠們唱的完全不同。知更鳥有一首傍晚之歌、一首暴風雨序曲，以及一首大雨後的歌。藍鰹鳥花了所有時間在抱怨及咒罵；同時也警告他，有某種動物——任何一種——進入森林裡了。渡鳥和烏鴉則相同——在穿越樹林時，一路發出嘶啞的聲音，呱呱叫著。

布萊恩發現，這一切都跟勢力範圍有關。每種動物都想擁有自己居住及狩獵的地方，鳥兒唱歌並不是唱好玩的，牠們是為了警告別的鳥不許接近，要牠們待在自己的勢力範圍之外。

他也從狼身上學到有關所有權的宣示。有好幾次，他都看到一匹獨行的狼，一匹很大的公狼接近營地在觀察他。這匹狼似乎一點也不害怕，但也沒有做任何威嚇布萊恩的事，布萊恩甚至認為牠是個友善的朋友。

狼的來訪、狩獵似乎成為牠規律的行程，布萊恩猜想牠的路線是環行的。一晚，布萊恩注視著營火時，一邊計算著，狼如果一小時跑五哩，一天狩獵十小時，那麼牠一定跑了將近一百哩的路。

大約一個月後，狼帶來牠的朋友，一匹年輕而且較小的公狼。牠們第二次一起來的時候，停留在布萊恩營地附近，布萊恩看到牠們在樹木的殘幹上小便，而且在同一個地點來回做了兩次。

布萊恩曾讀過關於狼的文章，也看過關於牠們的電影，他知道這是牠們在「留下記號」，利用尿液標示牠們的領域；他也同時讀到過——應該是法利．莫維特（Farley Mowat）所寫的書——「狼尊重別人的領域，就像牠們重視自己擁有的領域一樣。」正當牠們滿意地離開舊

殘幹時，布萊恩起身，並且在牠們留下記號的地方小便。

五天後，當牠們再來時，布萊恩看見牠們停下來，聞他去過的地方，然後在布萊恩旁邊的地上做了記號。牠們接納了布萊恩的範圍。

很好，他想：「我現在擁有了一些東西，成為集體的一分子了。」他繼續他的生活，並相信牠們和他能夠相安無事。

但是狼和布萊恩的規則，只適用於他們之間。

之後，一頭熊來了。

布萊恩必須設法去瞭解熊，就像瞭解狼或鳥一樣。牠們通常是單獨的，除非是母熊和小熊；而且牠們總是專注地吃東西，好幾次他都看到牠們在採野莓。牠們用牙齒扯下灌木上的水果，同時也扯下很多樹葉，但牠們會在吞下野莓前，把樹葉吐出來。牠們似乎跟布萊恩相處得很融洽，就跟狼一樣。

換言之，布萊恩會先看看熊想要哪裡的食物，讓牠們待在那個地方；但另一方面，他就得轉移陣地。他笑著，這對熊行得通，對他也行得通。布萊恩認為這個想法是自己與熊之間的互相瞭解：他不打擾牠們，牠們也不打擾他。

布萊恩以為每件事都能這樣比照辦理，就像處於某個虛構的、政治正確的社會一樣。不幸的是，熊並不做如是想，使布萊恩深受這個誤解所苦。

為了進一步瞭解狼和熊，並找出與牠們和平共處的方法，布萊恩根本沒有為現實生活準備木材。度過溫暖的兩個星期之後的某個早晨，布萊恩完全覺悟了。

那天他睡得很熟，但被一個金屬敲到石頭的聲響吵醒。他的心靈和耳朵早已融合在周遭的自然裡，但像金屬敲石頭這種不屬於自然界的聲音，「咚」地一聲，讓他瞬間清醒。

原本他的頭對著棚屋的開口、臉朝外，當他睜開眼睛時，看到一堵牆般的黑褐色毛皮，就在他正前方。

他覺得自己一定是在做夢。搖了搖頭，影像卻沒有消失，他隨即明白，堵在自己眼前的是熊的臀部。「天哪！」眼前的事實令他非常吃驚——「我正盯著一隻巨熊的超級大屁股！」

熊來到布萊恩的營地——聞著死兔子內臟的味道，以及鍋中的食物氣味。牠壓根兒不管這是布萊恩的營地或勢力範圍。這裡有食物的味道，而牠非常餓，該是用餐時間了。

熊在營火邊發現布萊恩用完之後放在外面的鍋子和刀。布萊恩吃飽後在湖邊清洗過了，但食物的味道還留在空氣中。牠在洞口附近抓著鍋子往石頭上敲，同時屁股頂在布萊恩棚屋的入口處。

布萊恩退後一步，揚聲大叫：「喂，滾開這裡！」說著，還一邊踢牠的屁股。

他不確定自己在想什麼，可能是希望熊會轉過身來，承認自己的錯誤，然後怯懦地離開，或者就只是跑開。

但是熊毫不猶豫，甚至沒有半點遲疑，轉身用前爪一揮，一邊用鼻子「呼呼」地噴著氣，將棚屋外的木籬全部扯下來。

布萊恩發現自己必須抬起頭才能看著熊，而熊轉身俯瞰著這個男孩，噴出了另一陣鼻息，再度擺動左掌，將布萊恩從石洞一把撈起，扔到二十呎以外。然後牠向布萊恩衝來，用兩隻前爪把他像球一樣抱起來，摔向水邊。布萊恩暈眩地躺在水邊，恍惚之間，以為自己還在棚屋裡。

熊停下來打量布萊恩好一陣子，然後回到營地仔細搜查，看看香味從何而來。牠坐下用鼻孔聞了聞，發現魚池附近有著細微的味道。牠在離布萊恩不到十呎遠的水邊開挖，此時布萊恩努力試探自己的手臂和腿是否還在原來的地方。熊將兔子的頭骨往上掰，將上頭殘存的一些肉統統吞下肚；接著又在水邊四處挖，挖到了內臟，全部吃掉後再度回到水池，繼續仔細翻找。當牠最後回到營地，發現再也找不到任何東西後，看了布萊恩一眼，就頭也不回地走了。

除了熊爪在他身上留下的一些小抓傷之外，布萊恩倒是好端端的——與其說是被抓了一爪，不如說是被熊摑了一掌——但他對剛剛的

一切仍舊感覺到震驚及困惑，然而，比起這些，他覺得真是太謝天謝地了。

他知道熊可能會對他造成更大的傷害。他曾看過熊將殘幹從地上拔起（就像拔起一根超大的牙齒）來尋找蠐螬和螞蟻。這隻熊可以很輕易就殺了他，但牠卻克制住了。

接下來幾天，布萊恩發覺自己全身僵硬，而且在他準備睡覺前，全身都痛得不得了。他知道自己一定因為這件事，全身上下都是瘀傷。

他必須找一些方法來保護自己，像是一些武器。燃燒營火有很好的效果，但火終究會燒盡。他的手斧和獵刀想必幫不上什麼忙，只會讓熊更加憤怒而已——他連想都不願意去想後果——而他的弓只對小型獵物才有作用，他從來沒試著射過比傻瓜鳥和兔子更大的動物，而且他也懷疑這把弓有沒有能耐把箭推得夠深，以達到目的。要不然，恐怕只會讓熊氣紅了眼。

那晚，持續兩週溫暖天候的最後一晚，他縮在睡袋裡，不斷將木柴放進火堆，一方面是怕熊回來，但絕大部分的時間，他都在想解決的方法。

事實上，熊並不是他的頭號敵人，狼也不是，任何動物都不是。布萊恩變成自己最大的敵人，因為他在打獵、釣魚及求生時，忘了那個最重要的原則：「隨時！隨時都要注意發生了什麼事。」自然界的每一件事物都代表著某種意義，而他錯過了那些警告：夏天即將結束，很多夏天的事物都已經結束了。布萊恩即將面臨的，是自從空難發生以來，前所未有的危險狀況。

3

幸運魔力箭

布萊恩認為自己需要更厲害的武器，一把更大的弓，就像戰弓一樣，得有一種鋒利的尖端。他曾使用過以火燒硬尖端的木箭來打獵，但都只能射穿一個洞，沒辦法造成切割之類的傷害，他認為只有更強而有力的弓才能做到。

他在湖邊找到材質較堅硬的樹，這些筆直的枝幹有著光滑的灰色樹皮，而且似乎具有其他樹所沒有的俐落。他花了一整天砍了一塊又長又直的木頭，然後用獵刀和手斧削皮，製作成一把比他還要高一點的弓。他從容不迫且持續穩定地工作著，到了傍晚，弓已經完成，等乾燥後就好了。

箭桿以剝下的樹皮製作完成後，在太陽下晒了兩天。他認為弓應該要晒個四到五天。他又花時間再去砍了另一根筆直的大樹枝，在晚上就著火光製作另一把弓。做兩把弓對他來說沒什麼不好，如果一把弓壞了，還有另一把備用。

布萊恩已經三天沒有打獵了，但他仍有最後一次獵到的傻瓜鳥及兔子，讓他仍能享用豐盛的一餐。睡前還花了點時間到魚池裡抓了兩條魚煮成魚湯，用湯匙跟手一點一點地吃魚喝湯，直到把骨頭啃得一乾二淨。

那天晚上很冷，冷到讓他覺得有個睡袋真是美好到極點。當他閉上眼睛，所有的預警、所有細微的提醒，統統浮上眼前：天氣將會更冷，夏天已經結束，而他無法獲救——他終究還是放棄了，不再尋找或等待飛機的到來——他即將和北方的嚴冬對抗。

那些警示讓他像打瞌睡時被人突然拍醒，而後再也睡不著，直到筋疲力盡，才終於沉入夢鄉。

早上他抱著同樣迫切的心情起床，一整天都在砍柳樹為戰弓做箭桿，並試著釐清自己需要預備什麼，以對抗即將到來的寒冬。

他沒有夠暖的衣服或鞋襪。他的睡袋好是好，畢竟不是冬天專用的，如果在一個好的棚屋裡，一次用上二十個，效果大概就會很不錯。但他就只有這個，一個睡袋，他不可能整天都窩在睡袋裡，否則他會餓死。他還是得打獵、吃東西、活下去。

他試著以另一種角度去看待他的棚屋，上次熊所造成的損害已經修好了。他一邊剝著樹皮，為戰弓製造兩打箭桿，一邊仔細觀察自己的房子。

棚屋裡三面都是石頭，而且夠隱蔽；但有一面他用木頭、大樹幹及樹枝來填滿，還不夠密閉——可以從很多地方透視外面——所以還需要加強禦寒設備。他可以用枯葉包裹這些空隙，或甚至用手斧砍下一片片的草皮來填滿空隙；再用樹葉填滿兩個框架，做成一扇阻隔的門。問題是——「好吧。」他笑了一下，這大概是一千個問題中的其

中一個吧——問題是他無法確定冬天會有多冷、會下多少雪？或他能做些什麼來生存下去。冬天能夠獵到什麼？他知道有些動物會遷徙，但他不知道有哪些，也不確定兔子是否會出來，也許牠們會待在草堆或洞穴裡冬眠。還有，他需不需要在棚屋裡面生火取暖？

他搖了搖頭，停下手邊削箭桿的工作，朝湖的對岸望去。現在有太多事要瞭解，也有太多事要做。而且對岸的樹葉，也開始變色了。這些變化肯定有一個星期，或者更久了。他想：「為什麼我沒看見？」

他現在注意到許多其他地方的葉子也都改變了；大部分是金色，還有一些是深深淺淺的粉紅色和紅色；湖上的天空也不一樣了，夏天那些輕柔的雲已經消失，整片天空都是藍色，單調的青銅色，然而有青灰色的雲飄來——他在看的時候還愈飄愈多。雖然不像夏天的雷雨雲那樣既激烈又富戲劇性，大部分的暗灰色就如同一個陰影，像是被一隻巨大的手從北方推來，籠罩整個天空。在他注視之際，一開始看到的一小片藍天也已經不見，整片天空都變成灰色，他能聞到雨的味道。這雨也跟夏天的雨不同，不但更冷，甚至還沒開始下，就讓他冷得發抖。

他回去繼續削著箭桿，專心於目前手邊的難題。另外他要學習：盡力去做你能做的事。無論做什麼，總會碰上麻煩或問題，而你必須去克服。

的確，在戰弓這個點子上，他已經遇到夠多麻煩了。這點子當然好，而且往好的方面想，他將會得到一把更有威力的弓——希望這是一個更好的武器，能給他更多保障——但是做出一套弓箭，遠比他想像的更為困難。

「不管是槍、矛或是箭，都是將動物戳一個洞之後，再殺死牠們，」他心想：「所有的武器大概都是這樣。」為了他的生存，有些動物必須死亡；而宰了牠們的方法，就是戳一個洞，讓牠們死亡。他皺起了眉頭。

但事情就是這樣。為了殺死動物，這個洞不得不戳；而戰弓的難處就在這裡。在兔子及傻瓜鳥上戳一個洞是一回事，牠們都很瘦小；但如何在大型動物上進行，還有其他方面需要考量。

有一次，他用原先的小弓射一隻樹下的豪豬，他覺得：「如果能殺了牠，而且非常仔細地剝下牠的皮，一定能得到比兔子和傻瓜鳥更多的肉和脂肪。」但他驚訝地發現，箭根本還沒傷到牠，便彈開了。如果他射殺不了小型動物，要怎麼射殺或是傷害那些更大型的？

「弓有力量，」他想：「但也要取決於箭的種類。」弓必須要強韌，才能讓箭更加有力地穿入大型動物體內、刺進更深的要害；箭也必須具備切穿的條件，以造成更大的洞。

更加強韌的弓已經完成──雖然他還要等到上弦後才能確認──但是，箭仍然是個問題。他有一大堆箭桿可以供給這把弓使用，但前端才是重點。當他晚上就著火光製作箭桿時，還一直絞盡腦汁，想著這個問題。他考慮用飛機表皮的鋁碎片來做，但鋁片太輕也太軟了。

一定有什麼東西、什麼地方可以幫助他，但他想不出來，直到他躺在睡袋上準備睡覺時，看見火中燒紅的木炭，才靈光一閃。

平特運動用品店！這是一家在他上學途中有時會經過的老店。老闆是一位名叫平特的老人。他在門口標示著「非商場」，這一點從他的店可以反映出來，那裡沒有任何一般商場可見的華麗或現代感商品，只有一些帶有鄉土味的架子、槍、弓、曲棍球設備，以及舊煤油爐，還有一些滿臉鬍碴的人坐在那裡遙想當年，一邊把嚼過的菸草汁吐到舊咖啡罐裡。

布萊恩並不常去那家店。但在一次偶然的機會下，他停在那裡看平特有沒有在磨溜冰鞋，門邊有一個很大的玻璃櫃，裡面收藏著箭矢，排列成一個圓形。他仔細觀察那些箭矢，覺得這些展示在紅色天鵝絨上、雕刻繁複的東西，真是美麗的收藏品。他當時或是後來都沒有想到，原來它們是打獵的工具。

只是現在，躺在睡袋裡想著時，才讓他恍然大悟：那就是箭矢。箭

的尖端是要用來戳洞的，有的很小，有的又大又寬。它們都是石頭製成的，而且都有著鋒利的邊緣。

「他們是專家，」他想著：「幾百年前做了箭矢的美洲原住民是真正的專家。」他們以前的日子就跟現在努力活下去的布萊恩所過的一樣，他們花了好幾千年的時間，設計、試驗出箭矢這個工具。布萊恩閉上雙眼，努力回想箭矢的模樣。

當他想出了點頭緒，便將柴火邊的泥土弄平，畫下腦海中感覺正確的圖像，並試著畫得和那些以前看過的收藏品差不多大。他一共畫了五張草圖。

三張很小的先不管，另外兩張比較大的草圖，和他記得的箭矢一模一樣。

他們只有一個理由去做較大的箭矢：獵殺較大的動物。「他們成功了，」他想，「他們在幾千年後，發現用較大的箭矢可以殺死較大的動物。這下子我所有的研究都完成了。」

「現在，」他盤算著：「我必須找到用石頭做箭矢的方法。」

他搜尋自己的記憶，想著是否曾經在學校學過、在電視看過，或在書上讀過任何有關如何製作箭矢的說明或圖解，結果什麼都沒有。

「好吧。那就從你目前所知道的開始吧！」

他想，箭矢是石頭做的，所以去找石頭就對了。他連睡覺時，都還在腦中回溯湖邊的每一個角落，想著自己曾經在哪一帶看過石頭。

早上他餓醒了，像是整個星期都沒吃東西一樣。魚池裡只剩下四條魚，而且釣魚線上什麼也沒有——這令他大為煩惱——他吃了兩條比較大的魚，稍微墊個肚子。

他今天必須去打獵，先將箭矢的問題擱開。早晨稍晚的時候，他清理了營地，並且把鍋子移放到棚屋中，盡量藏得密實，以免熊再回來。之後便朝北方出發。

這幾個月裡，他住在L形湖邊，並在附近覓食，他瞭解這塊區域就像一個遼闊的庭院，除了肉食性動物會在此四處搜索、覓食之外，大

部分的動物似乎都待在同一個地區，而且幾乎都生於斯、長於斯。北方約莫半哩處是獵兔子的天堂，那裡有一塊很大的土地——大概像一座足球場大小——曾有一場大火燒光了所有的樹，剩下灌木，兔子在那裡躲避肉食性動物，因為牠們可以輕易躲進茂密的刺藤中。正因牠們能夠在那裡存活，數量便為之大增——兔子生性如此——使得那裡到處都有兔子的蹤影。布萊恩在那一帶狩獵，對他來說，到了那裡卻沒有打到兔子，是一件很反常的事；雖然他還是常常失手，但他還是得出一個五比一的機率：差不多每出手五次就會射到一隻兔子；而傻瓜鳥的機率則是七比一。

雖然他已經命中他要射的最後一隻兔子，他還是感到很幸運。然後他拿起已上弦的箭，靠近灌木叢生的區域。

然而事情總是出乎他所預期的。當他專心找尋兔子時，差一點踩到一隻傻瓜鳥，牠在他的腳下突然驚跳起來，葉子和羽毛像手榴彈爆炸一樣，四處散落，飛向布萊恩左前方。

他不假思索地將弓抬高，拉滿弓後隨即放箭，吃驚地看著箭俐落地竄出，截下那隻飛到一半的傻瓜鳥，命中牠的身體正中央。牠翻了個筋斗掉在地上，布萊恩跑過去察看。雖然牠看起來已經死了，布萊恩還是很快地啪噠一聲折斷牠的脖子，好讓牠真的死了。

「真是太不可思議了，」他心想：「如果我在這裡再住一百年、再試一千次以上，也不可能再有這麼俐落的反射動作。」

但是更厲害的是，他從傻瓜鳥的身上拉出這支箭，擦去血跡後，將其搭在弓上，準備往回走。才走了五步，有一隻兔子從他右邊的灌木叢跳出來，他隨即輕輕扔下死鳥，弓箭一拉一放，只見那支箭水平地穿過兔子胸部，在他跑過去之前兔子就死了，他將牠撿了起來。那一晚，布萊恩洗淨所有的獵物，燉成一大鍋，又吃肉又喝湯，整個人塞得滿滿的，連肚子都凸了出來。

「兩隻，」他想著：「兩隻都用同一支箭、用相同的動作，而且都完美地射中了。」他把那支箭從平常放置的地方拿起來，安放在角

落。「這支箭，」他想：「這支箭真是我的幸運箭。」那一瞬間，魔力兩個字浮現在他的腦海：「這真是我的魔力箭。」不經思索，這個詞就這樣自然而然地出現了，而他認為這是對的。這不算是什麼信仰，而是一種讓他相信自己曾經做了什麼，以及如何完成的方法。從那天起，他再也沒有使用過那支箭，而是將它放在一處突出的岩壁上。每當發生了什麼不好的事情時，他就會看向那支箭，然後想著好事如何發生：一支箭、兩隻獵物，以及一整天飽飽的肚子。

那晚睡前，他躺在棚屋裡，火光從開口處映照進來，他從火裡拿出一條木炭，將他做的事情畫在床上方的石壁上。他畫出一道線條代表弓，箭頭射向兩隻線條動物，一隻是鳥，另一隻是兔子，然後再畫幾條線，表示同一支箭如何射到兩隻動物。完成之後，他用木炭幫動物和一個男孩的象徵畫出陰影，在火光下幫他們加上身體，他真希望有些色彩可以用，才能展現出羽毛、毛皮和血。

不久，在他撐著肚子睡著之前，他躺回去，想起自己曾在雜誌上看

過一些法國洞穴的圖。「古老的，」他想：「這是所有被找到的藝術品中最古老的，而且是由遠古人、早期的人類畫的。」

布萊恩鑽進睡袋，閉上眼睛，他最後想到的一件事是：「不知道法國那些在洞穴畫圖的古代人，是否曾經用同一支箭射中過兩隻動物……」

4 過冬重裝備

自從墜機之後，布萊恩的生活遠比他想像得還要艱難許多，但是即使如此，他還是得有所開始。他已經做了一把較輕巧的弓，而且也嘗試著做稍微重一點的弓，他覺得那會成為很有力的武器，會比原來的小弓強個兩倍。

但應該不只兩倍。正因為每樣東西都更強了，連以前不曾出現的困難，以後都可能會發生。

在晒乾那些重弓的第三天，開始下雨了。還好布萊恩想到這些弓已經乾透了，所以把它們移到棚屋裡面，直到雨停。

但是雨一直下個不停。夏天的時候，雨通常只下半天，最多一整

天，然後天氣就會晴朗乾燥。即使是暴風雨，像是把他跟湖底的飛機統統捲起來的龍捲風，也一下子就結束了。

但這是秋天，而秋雨是天氣的新次元。雨從低空灰暗的雲層開始下，雨並不大，也不算小，只是……下個沒完。布萊恩快抓狂了，第一天結束之前，他所能做的事，是去找乾木頭好讓火繼續燃燒。在第二個綿綿細雨的日子結束前，他只是盯著天空，希望能看到一個洞，任何一個閃耀著光芒的東西。

但是雨毫不間斷地下了五天，而且溫度愈來愈冷，到了第五天，布萊恩覺得自己好像凍僵了。他能找到乾木頭的唯一方法，是先去找尋離地擱置的枯木，然後敲碎下緣，那邊不像上緣那樣濕透了。在他找到足夠燃燒幾個小時的木頭來對抗大雨時，自己也已經濕透了，結果所有的木頭只夠讓他自己取暖、弄乾。於是，他又得出去再找更多的木頭。

他的睡袋內側一開始只是有點濕氣，然後是貼地的那一側漸漸潮濕，最後統統濕掉，潮濕的程度跟他直接在外頭淋雨沒有兩樣。

更糟的是，他不覺得自己有本事冒著那種雨勢去打獵，所以沒有東西可以吃了。第四天，他發現一尾四磅重的北方梭子魚上了鉤，他一坐下來就吃光了，只留下內臟和魚頭當做餌。

但他沒有再釣到魚，到了第六天，看來雨是不打算停了——他相信雨是永遠不會停了——第六天要結束時，他判斷自己的餘生只能在冷雨之中度過。第七天早晨，他坐在睡袋上，看著外面說：

「管他去死，我要去打獵。」

他真的去打獵了。他碰了碰魔力箭求個幸運之後，他為弓上弦，帶著他的箭，穿上破爛的T恤，在腰帶處繫上獵刀，冒著雨出發。

打獵讓他忘了寒冷，而且他非常訝異地發現，在雨中打獵，比在晴天還要好。獵物可能會在壞天氣時在洞中窩個一兩天，但牠們和布萊恩一樣，在生理作用的影響之下，不管下不下雨，也不管冷不冷，都必須出來覓食。

他在離營地不到四十呎的地方抓到一隻傻瓜鳥，然後在不到二十碼的地方，放了四箭，射向兩隻不同的兔子。雖然他沒有射中兔子，但是有傻瓜鳥就很滿意了。然後他走回營地，再次加強那劈里啪啦的火，做一鍋燉肉，包括心臟、肺臟，以及一塊有點韌的肉，他想那應該是鳥的砂囊，都是他開始喜歡的部分。他在爬進潮濕的睡袋熟睡之前，把這些全部吃光。

雖然又冷又濕，他還是睡得很熟。但是到了半夜，他睜開眼睛，隨即清醒過來，等待著眼睛和頭腦告訴他，到底是什麼吵醒了他。

沒有聲音，什麼都沒有。他這才知道，雨終於停了，不再下了。他向棚屋外面望去，夜空中布滿著星星，和一枚銀色的月亮。他看著這些，輕輕地說了一聲：「謝謝！」然後又睡了。

早上很冷，非常冷，他在射進棚屋開口的破曉陽光中，看到自己呼出的氣。當他向外望去，發現整個湖圈已經沿著岸邊往中心結成一片寬約四、五呎的冰環。

他離開睡袋，顫抖著起身，把火加大，直到火焰閃耀著愉快的光芒，然後坐近火旁。他一邊把自己弄暖，一邊看著朝陽升起。身體不再顫抖之後，他將睡袋拿到外面去，在陽光下攤開來晒，得離火遠一點，以免被四濺的火星燒破。

不到一個小時，溫度已經變得相當舒適。布萊恩伸伸懶腰，花個幾分鐘讓太陽晒晒身體。地上還濕濕的，但他坐在一塊乾石頭上，看著藍天，感受炎熱的太陽，好似那日復一日的雨從來沒有下過一樣。一陣睡意襲向他，而他只想忘掉上個星期，只想呆坐在太陽下。他閉上眼睛，小睡了幾分鐘，但是一陣新的、高亢的咯咯聲打斷了他的瞌睡，他睜開眼睛，看到高空中有一群鵝正向南遷移。

那是一個提醒：「光是坐著，什麼事都做不了。」而在這思緒背後，他知道自己剛剛得到的是一個警告。經過一整個潮濕且寒冷的星期，顯示出他是多麼匱乏，對於他知道即將到來的一切，是那麼地毫無準備，而今天這些鵝正提醒了他。

他必須現在就做，努力地做，不然會完成不了。不管天氣多麼好，他知道沒有時間了。

首先是他的棚屋，他必須讓棚屋防寒又防雨，那表示要把火封在裡面，並且想辦法關上門。但是他不知道自己能不能耐得住煙。

然而，他想到：「他們做到了。」那些在他之前的人有帳棚、有印地安的圓錐小屋、有洞穴，而他們並沒有火爐。那麼，他們是怎麼做到的？

他帶了一塊點燃的柴薪進去棚屋內，升了個小火，然後關起入口，看看會怎麼樣。就像他所想的，煙很快便充滿了整個小小的空間，讓他咳嗽不已，不得不跑到通風的地方。

他必須讓煙散出去，他們一定知道方法——他們是怎麼做到的？他曾經在電視上播放的西部老電影中看過，印地安的圓錐小屋，只是讓煙從頂端的小洞飄出去。

布萊恩走到牆面和岩石的接縫處，在他打算生火的上方，挖了一個直徑一呎大小的洞，然後他從頭又試了一次。

這次當他關起門來，並且放一些樹枝到火裡去的時候，煙又冒了出來。但是隨著熱度上升，煙開始往上飄，一次一點地從天花板上面的小洞散出去。有一陣子充滿著煙，但是全部神奇地散光了。布萊恩坐在舒適的小屋中，火光溫暖著他的臉。顯然只要一點點火就可以維持小棚屋的溫暖，這意味著只需要一些木頭就夠了。

棚屋的側邊還不到密閉的程度，這一點布萊恩很清楚要怎麼做，他曾經花一整天觀察海狸家族混合泥土和樹枝來做水壩的方法。他花了三個小時從湖邊運來新鮮的泥土，大約有雙臂合抱的兩倍之多，混合了樹枝和樹葉，填塞在牆的下半部；接著再用另一層柴枝覆蓋在上面，以保護泥土。當泥土在黃昏前乾燥後，他便有了個真正不畏風雨的棚屋了。他還需要封住門，但是那一晚，當他坐著，有火溫暖著他的家時，他知道只要有木頭——而他正住在森林中央——不管什麼天氣到來，都可以保持溫暖。他睡得很熟，熟到即使熊再度前來撕開這

個地方，他也不會知道。

隔天早上，他在門上裹了泥土，放在一旁待乾，接著用更多土來封住牆，平滑而緊實。然後他回頭繼續解決箭矢的問題。

他去湖岸尋找適合做為箭矢的石頭。到處是石頭，而他應該檢查過一百個吧，一個個翻過來、轉過去，用石頭互相輕輕敲打。沒有一個可用，或適合或者看起來不錯的。於是他停下來，再次回想那些箭矢收藏品。

它們並不是有箭矢形狀的石頭而已，它們是從較大的石頭以某種方法加工過、鑿刻過，才會有那樣的形狀和利度。但那是什麼石頭？要怎麼做？它是不是某種特別的岩石？某種可以在鋒利的邊緣上，層層剝落的東西？

他把他的手斧掛在腰帶上，走回岸邊，開始以手斧平坦的那面敲擊岩石。但只能敲碎那些石頭，無法使它們變得鋒利點。一塊岩石敲出一片約三吋長的薄板，而且形狀很好，但是當他撿起薄板，以手斧的背面輕敲時，便碎成十幾塊沒有用的岩片。

打火石！瞬時，這個詞跑進他的腦海中。那不只是箭矢，是打火石箭矢——也許就必須是打火石才會敲出對的東西來。

所以他要做的事，就是去找到一些打火石。

他回到湖岸再度檢查岩石的狀況。他用手斧的背面重擊岩石，看看有沒有任何一塊是由打火石組成的。事實上，他並不知道要找什麼，他只知道打火石和鋼鐵相互撞擊時，會發出火花。

他重擊了四、五塊岩石，期待火花出現。然後他突然想到，有一塊岩石藏在他棚屋的牆裡，他的腿被刺到的那個晚上，他曾經把手斧擲向豪豬，而手斧發出火花，那是他開始生火的起點。

就在那裡，在火成岩之中！他之所以忘了這回事，是因為自從他在救生包中找到火柴和打火機後，他不再需要用到那塊岩石。

他跑去看那個地方，並且細細研究，這是一個多月以來第一次去看：那是一塊黑色的岩石，有點深度，看起來有裂痕。他用手斧敲

打，看到火花時，他笑了，想起豪豬來的那個晚上。但是那塊岩石絲毫沒有破碎，也沒有剝落。他從另一個角度觀察，看到一個小小的隆起，跟一條線差不多，這次他小心瞄準，以手斧的鈍角，稍稍用力地以尖銳面打。

這次裂開了，一塊約有兩指寬、三吋長的碎片掉到了岩石下方的地面上。

他撿了起來。

「啊！」他才撿到又丟了下去，碎片邊緣跟刀一樣鋒利，稍微割傷了他的手指。他吸吮掉血，更小心地撿起這塊碎片，轉到光線下。這是卵形的，一端較尖，另一端較圓，尖端的兩邊利得幾乎可以剃掉他手臂上的毛。

現在要把這塊碎片做成真正的箭矢，圓端的兩邊正好適合。他將碎片放在平坦的岩石上，用腳固定得緊緊的，以獵刀的尖端一點一點地戳削著切口。他一開始削得太大塊，切斷了整個卵形，只剩下平坦的尾端。從那時起，他便小塊小塊地削，削下來的都不超過大頭針的尾端，直到他有了個箭矢，就像那些收藏品一樣。雖然長得並不像古代人做的那些，但是很鋒利，而且一頭漸漸變細，同時還有可以綁在箭柄上面的切口。

布萊恩拿起一根箭桿，用刀子切開一端，然後把箭矢尖端塞進裂口，使其輕輕嵌入木頭之中。

手邊沒有任何可以拿來綁箭矢的東西。他看看四周，找著堪用的線段——除了他很久之前做的弓弦之外，什麼線都沒有——然後他看到了樹上的兔皮。

他每次總是小心翼翼地剝下兔皮，攤放在橡樹一側，用一個打進樹皮的木樁固定住，直到風乾。他還不知道這些毛皮可以拿來做什麼，只是不想浪費任何東西，而且心想著總會派上用場。兔皮乾燥後，看起來就像一面長滿著毛的厚紙，乾燥、蜷縮，並且容易撕開。

但最後一塊在雨中撐開的兔皮還沒有乾透，他從樹上取下那塊，還

有點潮濕，兔皮有點韌，也許可以做成繩子。他用刀子將兔皮切成長條，然後用其中一條生皮線把箭矢緊緊纏繞到劈開的箭柄上。

當他完成後，看起來夠緊了，而且他聽說生獸皮乾燥後會縮水，這樣更好。但因為毛還連在皮上面，繞在箭的四周，整支箭看起來就像一團毛球一樣。不過只要快速地在火焰上面晃過，毛就會被燒掉。之後他修整帶子的邊緣，看起來很不賴。

「真專業！」他把箭柄放在一旁，再回到火成岩那裡——他已經認定這就是箭矢石——他再次反覆端詳，發現先前打下碎片的地方，留下了兩個鋒利的邊緣和線條，看起來和第一個相同。於是他用手斧的背部敲打，就像他在打第一個時一樣。

又敲出兩個碎片了，幾乎和第一個一樣，然後又留下兩個線條。當他輕輕敲的時候，同樣的事情一次又一次地重複發生，直到他敲下九個薄片。他又到先前那塊岩石上，用腳壓緊，以刀的尖端削出切口，再用兔子的生皮把它們一一固定在箭柄上。從岩石到箭矢，所有的工作都在一天之內完成。

就像壞事會如雪球般愈滾愈大，布萊恩發現好事也會來得很快。他在傍晚一邊翻動兔皮，一邊尋找較好的角度來處理時，兔毛刷過他的手，令他感到溫暖。他頓時發現保暖的方法了。

他有十五塊乾燥的毛皮。他摸黑把它們統統帶進棚屋，興奮到即使空著肚子，也不覺得有多餓。他就著火光修整皮毛，做成邊緣整齊的長方形。他將其中一塊皮毛裁成細帶，以刀尖割出細繩——急救包裡的剪刀太小了，幫不上忙——然後他把所有的皮塊繫在一起，變成一個大長方形。因為他沒有針，所以要用刀尖在毛皮的一側打出小孔，然後用尖銳的樹枝讓細帶戳過去；細帶不夠長，他只能「縫」一個七、八吋，就得打結換另一條，這花了他不少時間。當他將四件毛皮縫在一起時，疲憊席捲而來，他爬進睡袋，一覺到天亮。

他餓得醒了過來，知道自己必須先去打獵，再做更多毛皮。於是他帶著輕的弓箭來到傻瓜鳥的區域。這次幸運不再跟著他了，他連打三

隻鳥都沒中，最後才射中一隻兔子。他清理了獵物，並且用生皮來做細帶。在燉煮食物時，又開始縫了起來。在他意識到之前，他再度回到棚屋，就著火光工作，肚子飽了，雙手則飛快地工作著。這次睡前，他已經將兔皮縫製成大約兩呎寬、六呎長的長方形。

「這可以做成一條很棒的毯子！」他說著，一邊爬進睡袋睡覺。他覺得現在應該已經凌晨三、四點了。

在睡著之前，他聽到狼的聲音。聽起來是那兩匹，牠們對嚎著，發出高亢、哭聲般的長嘯；接著牠們在追逐某樣東西時——也許是鹿——在樹叢中發出唰唰的聲音。他幾乎快兩個星期沒有聽到牠們的聲音了，曾經有段時間，這種長嘯會嚇著他，讓他覺得毛骨悚然。但現在他笑了。如果牠們在自己的領地上花了那麼久才繞一圈，必定是被天氣絆住了。而且，假設牠們會沿著領地邊緣做記號，布萊恩在天亮後要做的第一件事，就是去做他自己的記號，因為雨水一定沖走原來的味道了。

「狩獵順利！」他心中對狼這麼說：「祝你們狩獵順利，不管獵捕什麼都順利。」

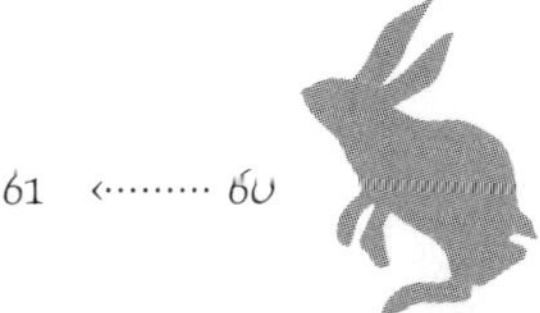

5 冤家變朋友

破曉時分相當冷——湖岸結的冰更多，而鵝和鴨子幾乎都在飛翔——布萊恩再度生起了火，馬上開始處理兔皮。他對折矩形的兔皮，將有毛的那一面折在裡面，縫合側邊，在兩邊上端各留下一個大約六吋的洞；然後在折邊剪一個足以讓頭放入的洞。做好後，他把整件毛皮套過頭、往下拉，再穿出兩臂伸到洞外。

這是件完美的背心。「好吧，」他看看自己，心想：「或許沒有那麼完美啦。」背心看起來很不乾淨，到處黏著一塊塊乾掉的肉，邊緣也還沒處理。不過很暖和，太暖了，暖到沒幾分鐘就流起汗來。這比他目前所需要的還要暖太多了，他必須脫下來。

他把背心放到一邊，準備再度開始做他的箭——他還得在箭桿裝上羽毛——同時他想起了野狼，便快步跑到邊界的殘幹，準備做個記號。他迂迴地走到殘幹附近的角落，動也不動地停了下來。

一匹大狼面對著他，一匹巨大的公狼。牠的頭上布滿鮮血，口中叼著一大塊帶骨的肉，沒有嚎叫，只是有點好奇地看著布萊恩。他們就這樣站著，布萊恩什麼武器也沒有，腦袋裡一片空白，只能對著殘幹撒尿。然後，狼叼著肉轉身快步向左走，離開了。

「牠是從右邊過來的，」布萊恩想著：「右邊的某一個地方……」當他盯著那匹狼時，另一匹稍微小一點的狼也叼著另一塊肉從右邊走來，牠從容地跟隨著第一匹，快步向左離去。

現在只剩布萊恩了。他站著不動，等著，直到沒有其他狼再經過，緊繃的肩膀才放鬆，然後開始想他剛才見到的事。

牠們一定就是在他睡前嚎叫的狼。這次狩獵收穫應該很豐盛，他眉開眼笑，揣想著牠們必然會有這種感覺——就像他諸事順遂時一樣。

他一邊想著，一邊轉身走向殘幹。

牠們攜帶著肉，新鮮的肉，他不知道那是什麼肉，但一定是大型動物的肉。大概是鹿，而且牠們看來已經處理好那些肉了。

「也許那裡還有剩下一些獵物，」他推測：「如果我能找到，也許還有一些我可以使用的東西。」他才剛沿著狼來的路線出發，又停下來想了一會兒，然後快步回到營地去拿獵刀、手斧及用火硬化過的矛。以他對森林的瞭解，他知道一定不只有他會去檢查狼的獵物。

他沿著狼來的方向走去，走不到一百碼就到了。

那是一隻鹿，一隻年輕的雌鹿。那裡有幾十隻鹿，布萊恩一直都想去獵捕牠們，但是他的武器太弱，而且很難靠近牠們。所以他勉強接受兔子、魚和傻瓜鳥。

他在夜晚聽到狼的長嚎時，牠應該已經遭遇不測了。他在獵物前駐足，判讀殘留的痕跡。雌鹿躺在一塊小空地近端，牠一定被狼從遠端緊追過來，然後狼抓住牠，攫住牠，撕扯牠，直到死亡。

牠一定掙扎了好一陣子，因為草上的血跡遍布將近三十呎，而且地面到處是破壞的景象。但牠們還是制服了牠。布萊恩可以在牠們走進空地之處，看到牠的足跡；還有在泥土被破壞那裡，看到狼的足跡。他閉上雙眼，想像事情如何發生：鹿跑過灌木叢，狼捉住牠，然後用牠們的牙齒將牠拖回、拖倒……

他搖搖頭，回到現實。這隻雌鹿幾乎沒剩下什麼了，牠們從後面又拉又咬，還扯下牠兩條後腿，再深入內臟，一路嚼到脖子，最後只剩下頭、脖子、前肩，和一些殘破的皮，看起來就像一隻被貨車碾過的動物。

布萊恩笑著想：「這真是一個寶！」接著竟然開始流口水，然後心中閃過一個念頭：如果是過去的世界，如果其他人看到他現在的樣子——對著近似車禍喪生的動物流著口水——不知道他們會怎麼想？想到這裡時，他不由得笑得更開了。

他得快一點，其他肉食性動物，像是熊、狐狸，甚至是更多的狼隨時都會來。他要等到有了營火保護之後，才能確保自己可以掌握這些新財富。

雌鹿剩下的部分不到五十磅。一開始他輕易地拖著走，但當他看到拖行留下的血跡，擔心這樣會被動物尾隨，於是抬起屍體，放在肩上扛著走。

回到棚屋、放下鹿屍後，布萊恩將更多木材放到營火中，然後拿出獵刀準備開工。首先要去皮，靠近臀部被狼撕開吃掉的部位，皮已經被扯成碎片；但是胸部和頸部還有一大塊完整的皮，他謹慎處理。

才剛從下巴往胸部中間切下第一刀，就讓他感到十分意外：兔子皮相當好剝，幾乎一扯就掉，雌鹿的皮則緊緊黏在肉上，根本沒辦法像剝兔皮一般輕輕地拉。布萊恩必須用刀子尖端分割皮肉，一次向後剝四分之一吋，花了大約一小時才將皮肉分家。他割下前腿的皮，接著向上到脖子，一直到頭的後面。

一開始，雌鹿的眼睛讓他感到很困擾。那雙咖啡色的大眼睛定定地

睜著，當他轉動牠、切開牠或拉扯牠時，牠就好像正在看著他一般。因此，他為牠的遭遇，以及自己對牠所做的一切道歉。

這並沒有減緩他的不安，但他希望這隻鹿的靈魂能瞭解他的想法，他也向牠保證不會有絲毫的浪費。

皮肉的分量很多，比他自空難以來見識過的還要多。鹿皮比兔皮更堅韌，也更厚實，大小幾乎足以再做一件背心。他在處理肉的時候，把鹿皮放在靠近棚屋側面風乾。

狼會吃到塞飽為止，而且牠們一定會盡可能把帶得動的部分帶回洞穴，所以他很驚訝獵物剩下的分量還那麼多。他將一塊放在平坦石頭上的瘦肉切成條狀，而後取下一邊肩肉，光是那些，就比他在超級市場一次看到的還多，不帶骨的上等肉足足有六、七磅；隨後他處理另一邊肩肉，往上延伸到頸部，處理完時，天都黑了。他估計大概有二十五到三十磅的肉。

他做了一頓豐盛的燉肉，煮了大約六磅。晚上寒意來襲，他穿上兔毛背心，坐在火邊，開始吃晚餐。他吃了又吃，吃了好一會兒，還剩一些肉和湯。他打起了瞌睡，睡到半夜醒來，又吃喝了一些，但還是有剩。

早上起床後，他肚子脹得凸出來，嘴邊還留有一些油脂，心中升起一陣近乎喜悅的感覺。

他還沒完全處理好雌鹿，鹿頭讓他很煩惱——因為牠的眼睛好像還是活的——他把頭和頸骨分開，取下頭之後，好端端地放到離地的樹杈上，並讓牠面朝向湖。他不確定自己為什麼要這樣做，但他覺得這樣做是對的。在他回去之前，他再度感謝牠所賜予的肉。

夜晚的寒冷驅走了蒼蠅，讓牠們不會去死纏著肉。他將肉攤開以接觸空氣，到了中午，他看見它們在太陽底下變得很像肉乾。但在那之前，他先去處理骨頭，骨頭上還有許多肉，他用手斧剁細，用鍋子煮了一整天的肉骨和骨髓。傍晚終於煮好的時候——又一次，他再度驚訝地看到鍋中的液體變成半凝固狀態，就像果凍一樣，變成了黏稠的

一團，當中充滿煮熟的肉塊。

他用湯匙舀黏稠的半流體，吃了將近一半當做晚餐。回到棚屋時，肉還很安全地儲存在棚屋後面，而鍋子則放在為夜晚而升的火旁邊（還有半鍋），他覺得自己是世上最富有的人。

布萊恩現在很難專心做事，因為全身上下每個細胞都想睡覺。他從沒這麼飽過，棚屋也沒那麼溫暖而舒適過，他最想做的事，就是閉上眼睛睡覺，結束這一天。

但他還是不能忘記熊的襲擊，以及下雨和寒冷的狀況。他知道好天氣和他的幸運不可能一直持續，所以他沒有多餘的時間可以浪費了。

他拿出箭來，在救生包裡仔細翻搜羽毛。他之前就發現，將傻瓜鳥翅膀和尾巴上的羽毛用在箭上效果最好。他留下每一隻射下的傻瓜鳥翅膀和尾巴的羽毛，現在全部拿出來。

這些箭不一樣，比較重，因此他擔心箭矢的寬度會和空氣產生阻力，可能會抵消羽毛的作用。「解決的方法，」他推斷：「就是將羽毛加長。」

每支箭只選兩根羽毛，但都留了足足六吋長；接著用刀切削扁平的那一邊，讓每支羽毛的長度足夠，這樣就很適合用在箭桿上了。

他用舊防風衣上的線段纏繞羽毛，裝在箭的前後兩端，然後塗上一點樹脂來保護線——他曾經靠在樹旁而被樹脂黏住，因而學來這個小技巧。

他終於在睡覺之前，仔細、慢慢地做了三支箭。又一次，他睡得非常熟，醒來時才發現自己的頭緊貼著地板，因為整晚沒移動位置而脖子僵硬。

因為那些鹿肉，讓他此後數日都不需要打獵，至少十到十二天，也許是兩個星期。他成天坐在棚屋旁的溫暖陽光下做弓箭，偶爾吃肉凍當點心。

那天黃昏之前，九支箭全都完成了。他用獵刀充當刮刀，將弓的邊緣削得更平均，然後把弦插入凹口之中，準備第二天上弦進行第一次

試射。他身體向後靠，對事情的順利感到相當滿意。

這時他聞到臭鼬的味道。

他之前當然就遇到過牠們，也常常看到牠們，但只有一次很糟的經驗，他的眼睛被臭鼬直接噴中的那次。他知道牠們在夜間活動、獵食，而且似乎沒什麼害怕的東西。他小心注視著棚屋的開口。

臭鼬離他不到四呎，窺伺地看著他、棚屋以及營火。而當布萊恩注意到時，牠突然移動臀部，翻開尾巴，直接瞄準他的臉。

布萊恩呆住了，心想：「完了。」他們就那樣僵持了好一會兒。布萊恩閉氣等著被噴，而臭鼬仍然對著他。但牠一直沒有噴氣，只是持續地瞄準著。

「牠一定是餓了，」布萊恩想：「牠正在打獵，並且餓了，如此而已。」布萊恩慢慢地把手伸到右邊儲存肉的角落，拿起一塊鹿肉，慢慢地、輕輕地丟到臭鼬右邊，瞬間，他認為一切都結束了。當肉碰到地上，臭鼬尾巴一扭，鼻子抽動著，像是在聞肉的味道一般。牠放下

尾巴，轉身開始吃肉。

布萊恩小心翼翼地移動到一邊，拉回門，關住開口，留臭鼬在外面吃東西。

「很好，」他邊爬進睡袋睡覺，邊想著：「我有了一隻寵物臭鼬，而牠是隻恐怖分子，如果我不餵牠，牠就會噴我。很好……」他閉上眼睛，嘆了一口氣，也許牠明天早上就會離開。

6

成果驗收

早上，他小心翼翼地推開門，左右張望，沒有看到臭鼬；然後他把門整個打開，走到外面，仍然不見臭鼬。走到他挖來當廁所的溝渠之前，他拉回門，蓋住開口——沒有必要冒險，快步走進樹林。

布萊恩回去時，搜尋了整個區域，還是沒看見臭鼬。他聳聳肩，八成離開了吧。

他引出棚屋內營火的炭，在外面生起一個煮飯用的小火。現在早上寒冷的時間愈來愈長了，冰雪一路結凍到湖裡，離湖岸周圍大約四十呎。兔皮背心和火讓他感覺特別舒服。

他拿出鍋中最後的肉凍，加了一片鹿肉，放在外面的火上煮；同時

一邊清點身邊的所有物。棚屋已經完成，或者說他已經盡力完成了。棚屋幾乎是密封的，若在裡面點火會非常溫暖。他完成了九支箭，看起來似乎很多，他會需要保護自己多少次呢？此外，即使所有的箭都用光了，他還是能從石頭上得到更多箭矢，整個冬天也都有木頭能做箭桿。

冬天。

這個詞讓他停了下來。他對這個詞一無所知。他家在紐約北部，那裡會下雪，而且通常會下很多雪，天氣也非常寒冷，冷到耳朵會刺痛，但是他可以待在室內，同時還有很好的禦寒衣物。「而這裡，」他覺得：「這裡的冬天一定糟多了！」但他不知道會有多糟，也不知道要如何準備過冬。

肉一煮好，他將鍋子從火上移開，此時看見臭鼬縮在最後那塊石頭邊，停在大約四呎遠的地方，舉起牠的尾巴。

「呃……」布萊恩退了一步等著，牠並沒有對他噴臭氣；布萊恩從鍋中拿了一塊肉，丟向牠旁邊的地上。臭鼬放下尾巴，聞了聞肉，覺得肉太燙了，吃不了，便轉過身，再度舉起牠的尾巴。

「聽好，你這個小強盜，真抱歉肉還很燙，你只要再等一下就會涼了……」

臭鼬的尾巴持續舉著，但好像聽得懂似地稍微放低了一點。一會兒後，肉變涼了，牠便叼起那一大塊肉，消失在布萊恩棚屋後牆邊大石頭的角落。

「你要去哪裡？」

布萊恩站起來，慢慢移動，跟了牠一段距離，當他走到石頭邊時，臭鼬已經不見，完全消失了。

「奇怪……」

布萊恩來回到處走，繞第二次時，他看到石頭鄰近地面附近的草有騷動。草長得十分茂密，大約有一呎高，完全將泥土隱藏起來。布萊恩靠近一點，看到一些土，石頭下有一個洞。有黑白相間的皮毛在洞

裡動來動去。

「你住在這裡？」布萊恩搖搖頭：「你搬到我家隔壁？」

臭鼬在洞裡停了一下子，然後再度開挖。臭鼬挖回石頭下方時，布萊恩看見洞口突然噴出一些泥土。

布萊恩轉過身：「太棒了，來了個有『末端』衛生問題的室友……」

接連四天之中，一些例行公事建立起來了。臭鼬每天早上都會來到門口，輕輕擺動牠的尾巴等待餵食，等布萊恩餵完就回到洞穴，明天再來。

這實在不是真正的友誼，但很快地，每當臭鼬來時，布萊恩總會微笑。在他確定牠是母鼬後，他幫牠取名為貝蒂，因為牠跟他阿姨一樣矮小圓潤，走起路來也都搖搖擺擺的。他期待見到牠。

與臭鼬建立了默契之後，布萊恩回頭繼續做重弓。箭已經做好了，但是弓還沒有上弦，他煩惱要到哪裡找夠長的線，直到他看到睡袋邊緣的細繩。那是編織過的尼龍，八分之一吋粗，大約六呎長，睡袋收捲起來時可以繞個兩圈。

細繩縫在睡袋底部，他用磨刀石將刀磨利，用刀子的尖端將縫合處鬆開。

替弓上弦是件相當困難的事。除了削和製作外，大樹枝是非常堅實的，要很用力、很用力才能讓弓彎曲。他將繩子綁在一端，把此端抵著地上的石頭，用身體的重量壓著，再把另一端綁好。

當他拉弦並施力在木頭上時，弓會發出聲音，就像木頭在繩子上唱歌。他拿出四支箭，來到湖岸邊的泥丘上。

他把箭安在弦上，舉弓，瞄準，拉。

或者該說，他「試著」拉。弦拉到他下巴的下方時，似乎必須要再加一倍的力量，他把羽毛整個往後拉，用力到直發抖，繩子好像還割過他的手指。他還沒仔細瞄準，就馬上放手了。箭往土丘頂飛去，躍過湖冰，飛過湖心還未結凍的水面，在離湖很遠的另一頭著陸——起

碼超過兩百呎。

箭射出的同時，繩子狠狠地打在手上，像是撕裂了他的皮膚一般；羽毛上粗糙的地方刷過，割傷了他的手。

「哇……」

他看不到箭，但是他知道在哪裡，只要沿著湖走一會兒就能找回來。現在需要好好練習。他改變射箭角度，就算失手也不會越過湖，他微笑想著：「如果我真的失誤……」然後朝土丘靠近。

很難調整拉弓的力道。他揣測要將弦拉到下巴後面，需要用五十或六十磅的力量；每次放箭都會傷到手臂、手指和手，但這一切都是值得的。射出的箭，速度快到他無法看見，有兩支俐落地飛過土丘，還多飛了十五或二十碼，連箭矢都弄壞了。

當晚他做了新的箭矢，在做的時候，他心知一定可以獵到更大的動物。這個想法不知從何而來，或是怎麼來的，但他就是這麼想。他一開始做弓是為了保護自己，在做箭的時候，想的也都是防禦之類的事，但其實他知道，他還會用來打獵。

也許是因為吃過雌鹿的肉之後，才會這麼想。牠們的肉很多、很好吃，而且比小型動物好處理。不管原因是什麼，當他在土丘上練習時，他總是會看到鹿的胸部。

他練習了一整天，直到肩膀痠痛，弄壞一支箭矢，另外兩支箭矢還射到地上的石頭。天黑後，他生了火，煮一些肉，餵了剛好在肉煮好時回來的貝蒂。然後回到棚屋修理他的箭。

明天應該會獵到大型獵物，他想。他要試著去獵鹿。

7 巨熊與臭鼬的戰爭

不知道什麼時候，大約是半夜，布萊恩突然醒了過來。憑著自己的感覺，他知道有什麼東西吵醒了他。他躺在黑暗中，睜大雙眼，仔細聽著、嗅著，試圖看清周圍。

他沒有等很久。

一陣細微的沙沙聲傳來，然後是一陣呼呼聲，棚屋整面牆就像遇到地震般，從岩石上剝落，倒了下來。仍躺在睡袋中的布萊恩在黑暗中向上看，看到一隻熊的巨大身影從他上面探過身子。

沒有時間讓他反應、移動，或做任何事。

「是肉，」布萊恩想：「牠一定是聞到鹿肉的味道而來，為了肉……」

沒錯，熊是為了肉而來，但問題是布萊恩躺在熊和肉的中間。牠用掌把他打到一邊，摑得不是很用力——沒有空間可以讓牠用力地揮掌，但還是可能打斷布萊恩的腿——睡袋的拉鍊是拉上的，布萊恩在裡面糾成一團，無法快速移開，所以熊再度打他。

這次很用力，熊一掌擊中布萊恩大腿上方，雖然睡袋很堅實，但他的屁股幾乎快脫臼了。

他大叫一聲：「啊……」

熊在黑暗中突然停止，布萊恩可以看到牠轉過頭來，向後下方看著他，巨大的身軀轉得很慢，但十足具有威脅性。熊的鼻息拂過他，他想：「我快死了！死的原因就是因為熊想吃東西，而我擋了牠的路……」他可以看到熊露出牙齒，但他什麼事也做不了，他動不了，也反應不了，完蛋了。

熊開始朝布萊恩移動，然後猶豫了一下，停住之後，又抬起頭，接著轉頭，往牠的左肩後方看。

不一會兒，布萊恩仍然躺著，向上凝視著熊。但現在有股新的氣味蓋過了熊味，很臭，又像腐味、又像硫磺，令人作嘔的味道。熊一轉身，臭鼬直接將氣味噴在牠眼睛上，賞了個紮紮實實。

貝蒂回來了，不管她是剛覓食回來、剛被驚醒，或者只是因為她也不太喜歡熊——不管是哪一個理由，她將自己所有的武器統統往熊的臉上出清。

效果不但十分即時，而且相當具殺傷力。

「吼！吼吼吼吼吼吼吼！」

熊似乎在翻轉，在離布萊恩較遠的地方不停碰撞，然後向前滾出了棚屋，把頭猛烈地反覆往地上撞，試圖把眼睛弄乾淨，又撞又撾地消失在黑夜之中。

布萊恩看向始作俑者。貝蒂站在棚屋後面附近，牠的尾巴持續舉著，只是現在，她瞄準的是布萊恩。她扭動了一下，然後再一下，布萊恩搖搖頭。

「不好意思，我只是沒想到妳現在會想著吃的……」他從儲存處拿起一塊肉，很大一塊肉，然後拋向她。她放低尾巴，叼起肉，在黑暗中搖搖擺擺地往她的洞穴方向走。

布萊恩躺回他的睡袋。他的棚屋一片混亂，不但牆倒了，他的屁股也痛得要命。但是沒有下雨，睡袋也還是暖的。他可以早上再來修理所有東西。

臭鼬的臭味到處都是，大部分是貝蒂噴向熊時，所留在周圍牆上的。但是布萊恩不介意，「事實上，」他這麼想：「我漸漸有點喜歡這個味道。我一定要給她其他的食物。這就像擁有一個寵物核能設備一樣。」

他笑著睡著了。

隔天早上，他發現損害並沒有他想像中的大。熊推倒了牆，但乾掉的泥巴讓牆面都連在一起，布萊恩試了四次之後，總算將牆扶了起來，靠緊岩壁。他在湖岸的薄冰上劈了一個洞，帶了一些新的泥巴回來將裂縫補好，一小時內就像新的一樣。

接著，他重新思考。戰弓並沒有用，至少不像是個防禦設備。他做了弓，而且能夠發射，但在黑暗之處、在晚上的棚屋裡，他無法拿起弓來瞄準，或是將箭刺進熊的身體。而且天曉得如果他真的用箭傷了熊之後會發生什麼事——尤其是如果他沒瞄準要害，熊一定會發瘋——如此一來，即使是貝蒂也無法阻止一切。

「也許，」他盤算：「是一支矛，一支可以獵殺的長矛。」如果他用製作箭的原理來做……

他回到他曾經鑿出箭矢的石頭旁研究著。他需要一個較寬、較長的箭矢，這些碎片對矛來說太小了。旁邊還有一些黑色石頭，他用手斧背面去敲，直到敲出一塊較大的。他敲了三次，都只有一些不規則，或是從中間斷掉的碎片。第四次終於脫出一塊大概和他手掌一樣大，大約七吋長，有著錐形鋒利尖頭及雙緣像剃刀的石頭。

他在圓邊上做出切口，然後將尖頭鑲在硬木做成的矛桿上。他小心地劈開木材後部，用條狀的鹿皮把箭矢固定住——鹿皮比兔皮堅固多了——之後再燒掉上面的毛。

他舉起長矛試試重量，以手臂的力量試著練習。不是很好丟，但若是近一點，就像昨晚——如果他在昨晚使用——尖端能夠造成一些傷害，或者至少可以挫挫熊的銳氣。他點點頭，很好。如果沒有別的用處，這也給了他一種安全感。

之後，他覺得很奇怪，他再也沒見過熊，也不曾在棚屋中受到任何威脅。

但之後，長矛將會救他一命。

第二部 冬天

初雪之日

布萊恩睡飽了才起床，他從門的縫隙向棚屋外看去，是個寒冷、陰霾又灰暗的雨天，這場死氣沉沉的雨，就像初秋那陣子持續不斷的雨一樣。在他看見雲飄過來之前，他用存放在室內的乾木材重新將火升起，不一會兒，棚屋內變得既明亮又溫暖，煙從屋頂的洞竄出。他真希望自己前一晚有想到把水打好，也真希望自己可以不用去做現在得去做的事。

但他沒有辦法，最後還是逼自己爬出睡袋，拿出手斧和最大的鋁鍋衝進雨中。赤腳在又濕又冷的地面上，以最快的速度走到廁所。然後跑到湖邊，在冰上劈開一個洞——整夜只結了薄薄一層冰——將鍋子裝滿後，跑回棚屋。

他把門滑回原處，把鍋子放在火上，丟了一片鹿肉進去，煮成燉肉當早餐。

存肉愈來愈少了。他努力平均分配，盡量讓狼所獵殺的鹿肉可以吃久一點，每次吃少一點。但他已經四、五天沒有去打獵了。

他放了一塊肉在門外給貝蒂，驚訝地發現她竟然已經不在那裡了。

「真奇怪。」他身子向後靠，一邊想著。

前幾天變得更冷了，天氣穩定了下來，好像沒有變暖的打算，而且會一直冷下去，所以他必須面對現實。

他完全沒有做好過冬的準備。「哦！」他想：「棚屋狀況還算良好，而且有充分的木材當燃料。」

但是他的衣服就很淒慘。牛仔褲幾乎僅僅是接在一起而已，網球鞋差不多壞了，襪子早就不成樣子，上半身也只有T恤（只能勉強當做一塊布），以及那件兔皮背心。

他心裡想：「我還真是一團糟啊。」他很想笑，只不過這一點都不好笑。他可以一直待在棚屋內取暖，但是如果不打獵，他就會餓死；而如果他沒有一些可以禦寒的東西，他就無法打獵。

「會死，」他思索著，這個事實像蛇一般滑入他的腦中：「我可能會凍死，現在還沒——天氣還沒有那麼冷——不過就快了。」他不瞭解北方的冬天，但他知道天氣會冷得足以凍死他，並且把他結成冰。

他再度清點庫存。沒有衣服，但仍有一些兔皮能替背心縫上袖子；還有一些鹿皮，他看著它們，覺得可以做一雙鹿皮靴。它們很粗糙，但如果將有毛的那面向內縫，然後做得夠大，能套在他破爛的網球鞋外面，就很管用了。

他開始做起他能做的事。他花了一整天將擱在一旁的兔皮縫成兩條管狀，裝在背心上當袖子。結果一試穿，每個地方都裂了開來，就像是把紙穿在身上一樣，不過看來似乎還是連在一起。當晚睡覺時，他感到未來稍微有希望了。

第二天早晨，他看一下天氣——還在下雨，而且比昨天早上更冷——於是他開始專心製作鞋襪。

事實證明，有些事情比他想像的簡單，有些則比較難。簡單的是畫出圖案，他只要站在乾皮上面，用一小片火堆中的木炭描出腳形就可以了。當他剪下兩個底部之後，又在剩餘的毛皮上剪下兩個矩形，然後將這兩塊縫成圓柱——因為鹿皮又厚又硬，縫的時候必須使點勁。接著他把這兩個圓柱裝在鞋底，將邊緣縫起來，於是他就有了一雙鞋底厚重的靴子，可以將網球鞋放進去。由於有毛皮在內面，他把腳塞進靴子裡不到幾分鐘，就覺得非常溫暖。他將最後一些鹿皮剪成兩條細帶，把圓柱上緣綁在腿上——大概綁到小腿處——此時，他學會了如何軟化皮革。

乾的鹿皮用起來就像細木片一般，沒有彈性、易碎、很乾，而且非常非常僵硬。布萊恩所能做的，就是在圓柱縫底部，以刀尖在用來綑綁的條狀鹿皮上戳洞，但這兩條鹿皮也得軟到能綁上才行。他想過用魚線來穿，但又不想浪費魚線，才想到利用皮革——先以手指拉著兩端，在岩壁突出的一截木頭上，來回拉扯摩擦那塊鹿皮——這樣就能將皮弄軟了。雖然無法像已鞣製的鹿皮般柔軟，但也足以讓他完成工作了。

他在天黑前蒐集了更多木材。當晚他睡覺時，夢見自己用刀尖在皮革上打孔，之所以會做這場夢，都是因為他坐著縫紉了一整天，才會在腦海中烙下不可磨滅的印象。

接近半夜時，周遭安靜了下來，這個改變讓他清醒過來。他聆聽了一會兒，知道是雨停了。他躺回睡袋想著，如果明天沒有下雨，他就要去打獵。

早上一醒來，布萊恩立刻知道有什麼不一樣了，有些聲音變了。不，是不見了，一點聲音也沒有。通常，早上他會聽到鳥叫聲，或是風的沙沙聲。

但現在什麼都沒有。

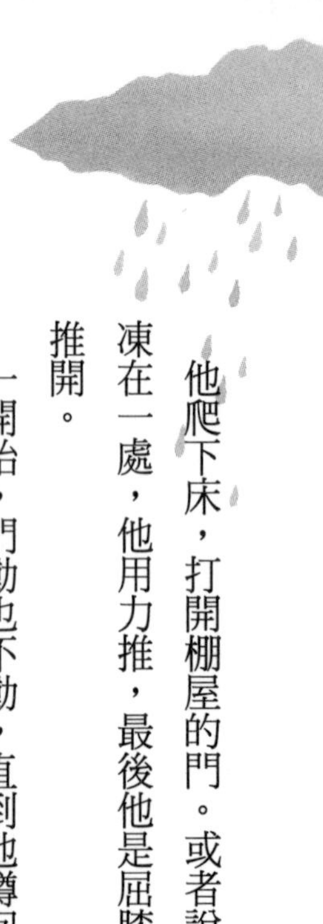

他爬下床，打開棚屋的門。或者說，是試著要把門打開。門似乎被凍在一處，他用力推，最後他是屈膝施力，用肩膀頂在門上，才將門推開。

一開始，門動也不動，直到他蹲回原處，猛力用肩膀將門撞開，才看到了外面。

他的眼睛差點沒被刺瞎。

整個世界都是白的，早晨的陽光讓一切閃耀著亮白色的光芒，強烈得使他的太陽穴隱隱作痛。

雪是在夜晚降下來，鬆軟的、大量的雪，蓋滿每一個角落，無論是枝幹、樹林、地上或湖上的冰——所有的地方，統統覆蓋了將近四吋深的雪。

很冷，比他曾經歷過的還要冷得多。呼吸時彷彿連鼻毛都結在一起，冷空氣也卡在喉嚨裡。這個世界真是美得令人難以置信、無法言喻，如此驚人，讓他一時之間目不轉睛。

「哇……」

他曾經看過大雪覆蓋樹林的圖片，也在公園及都市裡看過雪，但這完全不同。他正在其中，在雪景之中，而這美麗的雪景，也成為他的一部分。

他站在棚屋外，走路時才發現自己打著赤腳，他跳回棚屋，穿上他的網球鞋、鹿皮靴和兔皮衣，然後再回到屋外。

他從未見過如此乾淨的東西，因為一切都像新的，雪的表面沒有記號，也沒有足跡，他走了四、五步，回頭看看他的足跡。

他大聲叫：「真像大腳毛怪！」的確。靴子在雪地上留下了又大又圓的鞋印。

他到處亂走，然後去廁所，上廁所時還在雪地畫圖。他很驚訝靴子的功能竟然這麼好，讓他的腳又溫暖又舒適。當他回到棚屋附近時，看到一隻老鼠像變魔術般出現在雪地上，在地面上跑了大約三呎後，又鑽進底下去。

布萊恩走到老鼠跑的地方，查看牠的足跡，兩排平行的小圓點中間有一條尾巴拖行的線。

他想：「這很乾淨，也很俐落，要查看和跟蹤所有東西也都很容易。所有東西要移動到樹林裡，都會留下足跡。」

會很容易看到。

會很容易跟蹤。

會更容易獵捕。

他仍然剩下一些鹿肉，但他決定去打獵。因為這是第一次下雪，而他從未在雪中打過獵。因為陽光如此明亮、如此清新，因為他的衣物看來派得上用場，所以他決定出去打獵。也正因如此，他找到了一隻麋鹿。

9 雪地獵捕

布萊恩將手斧和刀繫在皮帶上，還放了一個丁烷打火機在口袋，準備去打獵。他一開始帶著較輕的弓，但他覺得可能會看到想獵捕的大型動物；而且他可以用大弓射殺小型動物，卻無法不能用小弓射殺大型動物（比如一隻鹿）。於是他決定帶著較大的弓、新做的長矛和五支有著石箭矢的箭去打獵。

一開始他幾乎無法打獵。樹林是如此美麗、如此特別，這是一個全新的世界，他慢慢走，欣賞一幕接著一幕的風景。「這些應該都要裱起來，」他想：「應該設法把這些統統裱框帶回去。」

帶回去。這麼久以來，他從未有過這種想法。家裡的照片已經褪色了，如果他能展示這裡的景象給媽媽看的話，他心裡想，只是想讓她看到這些……

他搖搖頭，幾乎在同一瞬間，他看到一隻兔子坐在一根凸出的常青樹樹枝下，背對著樹蔭，但因為牠是棕色的，所以仍然顯而易見。兔子的背上有著好幾個銀幣大小的白色斑點，布萊恩曾經看過幾隻有著類似白色斑點的兔子，他以為牠們是變種的，但他現在猜想，應該是因為牠們會在冬天改變毛色，變成白色才不會那麼引人注意。

「如果不這樣的話，」布萊恩想，「牠們就會變成別人的食物。」一星期或更早以前，他走過這個區域時，曾看到一隻兔子；現在他才走個二十步，就在不同地方看到七隻，但是沒有一隻近到能夠射擊，牠們都很明顯，因為是一團團靠在雪上的棕色毛球。

他緩慢地移動，慢慢地等待一次近距離的射擊，這個機會終於降臨——一隻兔子離他不到二十吋——他小心地發射，但是稍微失誤了，只削下兔子肩上的皮毛。兔子左閃右閃，消失在灌木叢底下，隨後布萊恩向前走，想拿回他的箭。

一開始他找不到。他看到箭飛出去，也確實看見插進雪中的地點——有個洞剛好讓箭插進去——但不在那裡。他挖了挖雪，還是沒找到，直到他依箭的飛行路線走過去，走一步挖一次，才把箭挖了出來。原來箭在進入雪地之後，在地面下又穿行了三十呎。他想，射擊的時候要小心，拉弓前還要先將羽毛上的雪吹掉，否則他會打一次獵就失去所有的箭。

他往前走，仍然受到美麗的風景吸引，然後又射了三次，但都因為兔子這個目標太小，所以失手，而且他還不習慣使用較重的弓。

「我得再靠近一點，」他想：「進入茂密的灌木叢，從牠們的上方射。」

他將腳步放得更慢，走進一大片刺藤及茂密的小常青樹林裡，樹叢擠得讓他看不到十呎以外的東西，只能以蹲伏的姿勢沿著地面望去。這裡非常難活動，每根樹枝都會勾到弓，當他移動時還要相當小心，

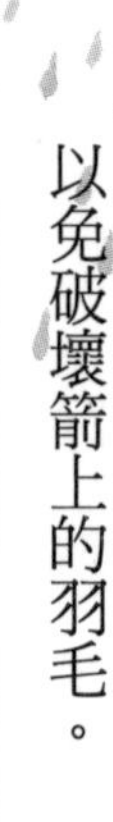

以免破壞箭上的羽毛。

到處都是兔子，牠們的足跡印在白雪上；當他進入灌木叢大約五十碼左右，一個折斷樹枝的聲音，讓他整個人停了下來。兔子和傻瓜鳥並不會折斷樹枝，但鹿會折斷樹枝，熊也會折斷樹枝。

幾乎就在同時，他在前方的雪地上看到一個不同的腳印。一個大腳印，很大的腳印，他頸部的汗毛都豎了起來。這個腳印大得像是熊的，而他這輩子最不希望的，就是在這灌木叢中遇到熊，尤其是那晚有著臭鼬回憶的那隻熊。

但當他彎下腰去查看腳印時，發現那是偶蹄，跟鹿一樣，但是比較大，而且大多了。

是麋鹿！他馬上知道了，自從夏天被麋鹿攻擊後，他還看過好幾次。有一次他看到公麋鹿，頸背之大，大到布萊恩可以輕易地將自己塞在牠的兩個角之間；其餘的則是母麋鹿，牠們也都大得不可思議。

在經過湖邊的母麋鹿攻擊事件之後，他跟牠們保持著充分的安全距離。當他們發怒時，就像一輛失控的別克汽車。

「但是，」他想，一開始他只想到這樣：「但是。」

「但是什麼？但是現在這隻麋鹿比較小？但是我現在比以前強壯？」他搖搖頭，甩掉這些想法。那些揮之不去的想法說著，他現在打獵就是要找肉來吃，而麋鹿就是肉；他有較大的弓，原始人獵麋鹿的武器跟他的差不多，他已經跟以前不一樣了。

他又聽到那個聲音，又一次樹枝折斷的聲音。很近，大概三十碼。他蹲下來，就像在看兔子般地看著雪地。

那裡！一條棕色的腿在移動，然後另一條，就像小樹一般，突然移動的小樹。

他屏住呼吸，蹲伏著觀察，他看不到麋鹿其他的部分，只看到腿。他看著牠的腿稍稍向左移動，猶豫了一下，又再度向左轉，開始慢慢地移動。

直接朝他而來。

「啊，」他心裡想：「牠來了——不管我願不願意，我都得獵麋鹿了。」他的胃一緊，站了起來，迅速確認自己的位置。灌木叢對他來說太茂密了，他想跑也跑不了，事實上他根本就不想跑走。他現在已經不一樣了，他確實有了更好的武器——而且麋鹿身上有更多肉。

「沒有地方，」他想：「沒有地方可以移動或射擊。」他將頭轉向右邊，只看到茂密的灌木叢，轉向左邊，還是一樣。

不，那裡有小小的開口。不到四呎寬，離地面大約四呎高——幾乎是個穿過灌木叢的隧道——如果一切都很順利，非常非常順利，也許能夠在那裡射擊。

他向左邊移動，面朝開口站著，將長矛靠在附近的灌木叢上，舉起弓，把弓的前端稍稍轉向右，以避免被灌木叢擋住，並把最好的箭放在弦上，準備拉弓，等待著。

等待著。

時間似乎停止了。

他聽到左邊有軟軟的聲音，像是鳥在拍動翅膀；又聽到山雀沙沙的聲音。

在他正前方的灌木叢垮了下來，但他什麼都沒看見。

另一隻鳥飛過。

他持續定住，等待著；現在，他聽到麋鹿的腳步聲。牠的蹄在雪地上沙沙作響，接著又一聲樹枝折斷的聲音，然後是一條線，一條像是麋鹿前端的曲線出現在隧道的視線之中。

布萊恩緊張起來，手指緊扣住弦，肩膀慢慢移動，非常慢地向左移動，直到麋鹿的胸部逐漸充滿眼前。

三分之一，然後二分之一，然後三分之二，最後是整個胸部。

布萊恩向後拉弓。

母麋鹿，他的腦中有印象，一隻很大的母麋鹿。沒有角，一些口水從牠嘴角滴落。棕色的眼睛望向他，卻沒有看見他，或者至少他希望沒有看見他。

不超過二十呎，頂多六、七步。

他鬆開了弦。

事後，他可以在腦海中看到整個過程，因此一切必定都記下來了。但當他身處其中的時候，每件事都發生得飛快——又不可思議地慢——所有的一切，似乎都只是一件事。

箭從弦上彈出，他看見羽毛直直朝麋鹿飛去，猛然刺進麋鹿胸部正中央的上方，頸子的部位。同一時間，麋鹿捕捉住弓、箭和布萊恩的頭部動作，牠進攻得那麼快，快到差點撞上箭。

如果布萊恩認為灌木叢能減緩牠的速度，或是箭的攻擊能夠妨礙牠，那可就大錯特錯了。牠像隻貓般面向他，快得看起來像是一團模糊的影子，然而他卻在腦海中全部看到了。

我傷了牠，箭刺進牠的胸部。牠正在攻擊，正在對我攻擊。再射一箭，不，沒時間再射一箭，長矛，對了，用長矛。

他將弓丟到一邊，伸手去拿長矛，所有的事都發生在同一個動作中。但是一切都太遲了。他感覺自己的手抓到了長矛，但牠已經出現在他上方的灌木叢了。瞬間，他看到一面棕色的毛牆，中央還插著根羽毛箭，然後他倒了下來。

他永遠不會知道是什麼救了自己。牠是如此龐大，還壓在他身上，他以為牠一定會將自己壓成肉醬，整個糊在地面上。但要不是箭妨礙了牠的動作，就是牠的衝力使牠衝過頭，衝過了布萊恩上方，因此牠必須轉個方向衝回來。

他痛得要命，腿痛、肩膀也痛，但還動得了。他滾了一圈，手裡還是握著長矛，起身跪在地上。當牠再度攻擊他，他舉起長矛。

那一幕，麋鹿撲向他，眼睛發紅，怒氣沖沖；他看著牠衝到長矛上方，長矛頂端刺中牠的胸部，正好在箭下方。然後牠的頭撞上他的額頭。布萊恩看見一道雪一般的亮光，然後只剩疼痛和無止境的黑暗。

10

麋鹿日

很重，有個很重的東西壓在他身上。媽媽在叫他回去，他又回到童年，是個在屋外玩耍的小男孩，媽媽在叫他回屋裡，但他動不了，因為有個很重的東西壓著他，讓他無法動彈，讓他無法回家……

布萊恩慢慢張開眼睛，但是強光和額頭的疼痛讓他又閉上雙眼，然後再度睜開。

「還是這裡，」他想：「一樣的世界。」到處都是白雪，還有明亮的太陽，他還在呼吸，額頭痛得像是被重擊過——這讓他想起飛機失事那天——而在他膝上的是一整隻母麋鹿。

他向下看到牠時，不由得抽搐了一下。牠依然怒目大張，頭靠在他

的胸前。但是他知道牠已經死了，他開始檢查自己。

似乎哪裡都沒有骨折。他一開始無法相信，反覆移動自己的手臂及雙腿加強確認。然後他從麋鹿下方扭出身子，牠有一半躺在他身上，頭部靠在他胸前，將他壓住。站起來之後，他第一次得以仔細地察看牠究竟有多大。

從鼻子到背部尾端，他猜足足有八到九呎，或者更長。他以腳步測量牠的長度，包含牠略微伸出的腿，大概有四步那麼長。

大概有十呎，他站起來時，牠還高過他的肩膀。

他想了一下，不知牠和之前夏天攻擊他的麋鹿是不是同一隻。他試著去想像是同一隻，然後努力對牠產生一些敵意。但事實上，殺了牠令他感到難過——悲喜交集，就像之前那隻被狼殺了的雌鹿一樣。

牠的樣子有點醜，也有點漂亮，躺在雪地上，血從傷口流下來，把牠躺的地方弄髒了——一隻美醜參半的動物，現在死了。他殺了牠，結束了牠的生命，所以自己才得以存活了下來，現在他的悲傷和喜悅也各半。

他轉過身一會兒，甩了甩頭之後轉回來，他還有很多事要做。過一會兒，他覺得要做這些事是不可能的。這裡離營地大約半哩，而且他根本不可能拖得動牠。

他試著抬起牠的後腿，而他唯一能做的，也只有將牠抬離地面，拖行是絕對不可能的，牠一定有六、七百磅重。

必須在這裡切成一塊一塊帶回營地，但這讓他猶豫了。他思考著：「要怎麼切開麋鹿？」他這輩子從來沒想過把麋鹿切成塊的問題。該如何下手？又沒有虛線，像肉品賣場中的圖解表那樣……

他看著躺在那裡的麋鹿，整整想了五分鐘，最後終於明白，不先剝掉皮的話，什麼都不能做。

他用刀子將皮從頸部到胸部、腹部及背部末端割開。他必須繞著矛的邊緣割，因為那支矛刺進麋鹿身體後就壞掉了，而箭桿仍然刺在上頭，拔不出來。

牠的皮比鹿更難處理，更厚，而且當他剝皮時，還要先把皮弄鬆，一次只剝得下一吋。當他切到腹部時，刀子打了滑，割破了支撐著胃部的橫膈膜，內臟全都掉在他腳上，熱騰騰的，他把剩下的部分拉出來。他很驚訝竟有那麼多東西在裡頭，光是肝就比兩隻兔子重。他將肝放在一旁，打算待會兒先煮來吃。

內臟取出後，容易搬動多了——還是很困難，但比之前容易些。他發展出一個剝皮的節奏：把皮拉起來，刀子順著滑進去，拉、滑，拉、滑。半小時後，他澈底將右側的皮剝掉了，只剝到頭下方的頸部而已。他把皮折疊在背上，牠的右半邊完全露出來了。

即使是在肉店，他也沒看過同一個地方有這麼多肉。牠的肉大概有一屋子那麼多。他再次抬起牠的後腿，就算把內臟全都拿了出來，還是無法搬動牠。但在他抬起牠的腿時，他注意到腿和身體間有接縫，有個接合點。他用刀子切開接縫，將腿抬起來和身體分開。

他持續抬著、切著，沿著後腿的頂部，一邊切一邊推，直到剩下可以自由旋轉的關節。他用刀子切著關節，突然一鬆，整條腿完全卸了下來。

光一條後腿就比雌鹿還重，他明白要將腿帶回棚屋會有多難。這會是一件很耗時的工作，他決定先把後腿拖回去，然後再回來處理。這得花上一整晚，而且一定會很冷。

他花了將近二十分鐘才將腿拖回棚屋，回去時已經筋疲力盡了。他將肉沿著牆儲存好，然後回到母麋鹿那裡。

已經到了正午，他非常飢餓。於是花了十五分鐘蒐集木材，在麋鹿旁邊生火，當火燒得很旺盛時，他從抬走的後腿旁邊的臀部切下一條肉，懸在一根木棍上，整塊肉幾乎就在火焰裡。

烤肉的同時，他回頭去切割和剝皮。他切下右前肩——就跟切後腿一樣，將肩胛骨切開；接著切開腿，然後拖回營地。回來時，木棍上的肉已烤得非常完美：外頭有點焦，裡頭則熟透了。

他切下幾片，站著吃了起來，一邊看著剩下的母麋鹿，一邊想著自

已從未吃過這麼好吃的肉，比鹿、兔子、傻瓜鳥或是牛肉都更好吃。上頭有肥肉，比雌鹿的肥肉更多，而他很想吃到肥肉。他將掛在肉邊緣的肥肉與瘦肉分開烹調，吃完之後仍感到意猶未盡，重新開始工作前，他從麋鹿身上再割下兩大塊肥肉掛在火上烤。

少了右邊的兩條腿後，變得輕多了。他把腿抬離地面時，發現他可以把牠翻到另一面，處理尚未完成的部分。

一翻過來，他就開始剝側邊的皮，就像他剛剛做的那樣，直到皮與軀體完全分離，才能砍下腿。然後將兩隻腿卸下，逐次拖回營地；然後在黑暗中，再次回到麋鹿的軀幹旁。

摸黑找路並沒有什麼大問題，因為有半個月亮掛在天上，月光照在雪地上的亮度彷彿白天一樣。但是寒意來襲，他又沒有手套。在他處理潮濕的肉時，手凍得不得了，必須常常將手放在火邊取暖，而這減緩了他的動作。到了半夜，他全身上下都在尖叫著要休息。

但是，母麋鹿是個充滿食物和毛皮的寶庫，他不打算把這些東西留給狼，或者是再度上門的熊，所以他繼續工作。

少了腿和臀部，其他部分就不難處理了。他用手斧將脊椎砍下，一共砍了兩個地方，分成背、中間和臀部前端。他很驚訝地發現，大部分的動物都一樣，牠雖然體型巨大，但基本構造和兔子差不多。

他笑著想，一樣的設計。他猜想如果自己經過上面四步驟，看起來也會一樣。

他用手斧將牠的頭砍下，把軀幹的前半拖回營地，包括胸腔和肩胛肉，接著，同時拖臀部及中間部分。

最後剩下皮和頭，頭可以留到明天；而他處理皮的時候，差不多已是清晨四點了。

這是最糟的部分，皮重得驚人——他抬不起來，只能用拖的拖回營地，上面還留著他的弓箭，這可把他累壞了。

布萊恩將肉全部存放在棚屋的牆邊，在營地裡看著整堆的肉微笑。

他脫下兔皮衣爬進睡袋，不一會兒就沉沉睡了個無夢的大覺。

「好的一天——不，」他想，他的頭腦快停止運作了：「是超棒的一天，一個充滿了肉的日子，一個麋鹿日。」他明天要畫在棚屋的牆上……

11

手工打造新皮衣

母麋鹿真的是天賜之物。布萊恩第二天睡到中午，十分飢餓，而且始終不敢相信所發生的一切——雖然他的身體就像曾經睡在水泥攪拌器中一樣，每根骨頭、每塊肌肉都痠痛到了極點，但麋鹿都在那裡，靠著棚屋的牆邊放著。

他好餓，便走到外面生火，用手斧砍下一段肋骨，插在木棍上烤，烤到肥肉滋滋作響，就可以吃了。

「我現在最想要的就是一些烤肉醬，」他大聲地說，油脂滴到他的下巴：「還有一罐可樂……」

他剛走出棚屋時，天色有幾分陰暗，還有陽光穿過幾片灰雲；但當

他吃飯的時候，雲層漸漸變厚，直到天空看不見藍色，而且他感覺有幾滴雨打在他臉頰上。

「不要又來了——不要下雨……」

但雨還是下了，一開始並未傾盆而下，他趁著空檔拿取柴火——他找到一棵枯死的白楊木，全都乾了，很容易點燃，但還是離了半哩之遠。拖木頭，一直拖到天黑，但雨依舊不變，仍是讓人厭惡又寒冷的傾盆大雨。

他用外面火堆中的炭把棚屋裡的火點燃，棚屋很快就變得暖烘烘的。他將兔皮衣掛起來晾乾，躺下來等雨停。前一晚因為整夜工作而讓他睡了一整天，所以他現在一點都不想睡。他覺得雨似乎變小了，大概在黎明時就會停了。當他最後還是打起了瞌睡時，棚屋溫暖又舒適，天色似乎也變得更明亮了。

但到了黎明時分，雨卻沒有停。他看見外頭還下著毛毛雨，而且融化了所有的雪，一切都亂七八糟，天氣變得很冷。降雨凝結成冰，附著在樹枝及草上。他很高興自己拖回很多樹枝，而且還有一個乾的地方可以住。

大雨持續下了八天，又濕又冷。如果沒有棚屋和這些肉，他一定會瘋掉。

奇怪的是，雨好像不打算停，一天比一天冷，而且雨還是一直下著。布萊恩聽得到樹枝因為承受不了冰的重量而折斷的聲音。正當他正開始覺得他再也無法忍受這一切時，雨變成了雪。

只不過這一次不是鬆軟的雪。風從西北方吹來，穿過樹林的怒吼聲，就像什麼瘋狂的東西，甚至在半夜吵醒了他，讓他提心吊膽地坐得直挺挺的。

雪一開始很小很硬，當他向外看時，吹積的雪像針一般，似乎能割破他的臉頰。之後的雪變得更細，而且滲進棚屋內，融化後滴入火中，發出嘶嘶聲響。

他並非無所事事，他拖回足夠的木材，以維持最基本的需要；但到

了第二天和第三天，他因禁閉而神經緊張，因此開始找事做。

幸好有很多事情等著他去做。他的衣服還不夠，而兔皮衣就像紙一樣容易撕破——其實在經過麋鹿攻擊之後，的確有好幾個地方都破了，需要縫補一下。布萊恩努力將麋鹿皮在雨中攤開，割成兩半，然後把後半部帶回棚屋。

麋鹿皮跟剛剝下來時差不多濕，他還沒有時間去弄乾。但棚屋內的火及溫度能加速乾燥，幾天之內就會乾到可以使用的程度。

這張皮又厚又硬，他趁它還潮濕時，割下了一塊矩形，準備做麋鹿皮衣。他用麋鹿皮的細帶來縫邊，把這件做得比兔皮衣還大。他做了同一款樣式的袖子，還在領口邊緣縫上一頂粗糙的連衣帽。

他在做這些的時候，都將有毛的那面朝內。當他裡面穿著兔皮衣，外面再穿上連帽的麋鹿外套，即使麋鹿皮還沒乾燥，他還是感覺身體立刻暖和了起來。

但他差點受不了那個重量，他估計這件外套至少有三十磅重，也許更重，他決定不要在上面再加東西。

暴風雪緊接在大雨之後持續了三天。布萊恩替他身上最脆弱的部分——雙手——做了點東西。他利用麋鹿皮做了一副粗糙的連指手套。先用自己的手當模型，再用一小片木炭畫在毛皮上。拇指洞大到幾乎能將整隻手伸出洞外，他將有毛那面朝內，而且做得大到能將第二雙兔皮手套戴在裡面。手套很大，不斷從他的手臂滑落，所以他用麋鹿皮做了一條細繩繞過肩膀，如果他把手放下來，就能把手套掛在身上。

這些工作都很困難，讓他忙了好幾天。但是更糟糕的工作是處理毛皮，因為毛皮乾掉後就變硬了，而且硬得像一塊板子。

他在一塊圓形的木頭上來回鞣製乾麋鹿皮，就像他在做細帶時一樣。但軟化乾麋鹿皮所花的時間比縫製衣服還要多，最後他勉強接受比預期還稍硬一點的皮。他將皮革上幾個重要地方弄鬆，像腋下、手肘和帽子，但其他大部分的皮只是半軟而已，使得他覺得自己像是穿了一副盔甲一樣。最後暴風雨停歇的時候，他已經弄了好幾個小時，但皮還是很硬。

布萊恩期望能下雪，但事實上積雪只有八、九吋深。這場猛烈的吹積雪沒有累積多少厚度，卻把能破壞的統統都破壞掉了。很多樹的側邊長著整整六吋長的枝條，那邊的雪也都被風給掃走了。

在陽光中，一切依然很美，但看起來和上次絨毛狀的雪有點不同，而且更冷，比之前冷多了。

四周非常安靜，風完全停了下來，布萊恩無法估計溫度，但他覺得八成接近零度。他的衣服很暖，就像他在棚屋裡面一樣。

他開始拂拭那堆麋鹿肉上面的雪，後來決定留著。肉被雨結成的冰雪凍住，也被冰雪保護得很好，比放在空地上安全多了。他不覺得熊會來，牠現在一定在冬眠，貝蒂也是，在他遭熊攻擊之後，他就沒有再看過牠，所以肉一定會很安全地存放在雪地下。

他需要木材，於是幾乎花了一整天把枯死的白楊木拖回家。最後他脫下連帽皮衣，因為它太重了，只留下兔皮衣。所有東西的表面都結了冰，但很容易就用手斧敲下來。等到有了足夠用到下個星期（他現在因為暴風雨而草木皆兵）的木材堆後，他砍下一些麋鹿的後腿肉來燉煮，晚上又開始磨擦連帽皮衣，好讓皮革柔軟一些。

他在那晚，在第九十四天的晚上盤算著：「如果就這樣，整個冬天都會這樣嗎？這樣吃著肉、摩擦皮革，然後等著下一場雨變成雪嗎？」

12 感恩節大餐

不再下雨了。

不過雪並沒有停，溫度也還是很低。連續四天下著小雪，大約積了一吋厚；然後又下四天雪，又積了一兩吋；然後又四天……

像發條一樣規律的冬天來臨。雪不曾積得更深，也不曾出現暴風雪，只有每四天積一兩吋的雪。但是降雪不曾停止、不曾融化，沒多久，地上積了一呎深的雪，像是一呎厚的乾粉末。

一開始，天氣非常穩定且舒服，布萊恩的衣服看來也派上用場。他有很多肉，也有很多柴火，雖然他必須要走一段距離去拿。他知道在一段特定時間需要用到多少木材，便一次帶回一個星期的分量，這得

花上一整天；之後那星期的其他日子，他便沒事了，除了用木椿鞣製麋鹿衣和吃麋鹿燉肉之外。

夏天充滿生機，但現在突然全部停滯了。他再也不能釣魚，因為冰太硬，很難用手斧敲開。他不必去打獵，因為他有——他粗略估計過——四百磅肉可以吃。一晚，當他躺在火堆旁將皮革弄軟時，他粗略地估算，如果一天吃四磅的麋鹿肉，那至少可以再過一百天，他才會需要更多的肉，足足超過三個月。「讓我想想，」他心裡想：「現在是十一月底，不，是十二月初，不，不，等等……」

他算了算他所做的記號，決定今天是十一月的最後一個星期。感恩節——他已經忘記感恩節。

他要做一件事，吃一頓感恩節大餐。日期的計算有點錯誤，他可能晚了，但他一想到就覺得很高興，然後就像在家那樣準備。

他要吃麋鹿肉，這是一定要的。他發現麋鹿背上隆起的肉是最好吃的，於是他在門邊切下大約三磅重的結凍背肉。

他還需要其他的東西，一些醬汁。

他想起了野莓果。某次他蒐集木材時經過湖的北邊，那裡有一排細細小小的樹，上頭掛著鮮紅色的野莓果。因為現在所有東西上都覆蓋著一呎厚的雪，而且自從夏天之後，他就再也沒見過野莓果了，所以即使這些野莓果都已經凍結成固體了，看起來仍然既新鮮又豔麗，奇特得讓他印象深刻。它們看來十分美味地掛在小小的矮樹叢上，他聞了聞，突然抓了一把放進嘴裡。

一開始因為結凍了，所以吃不出味道，但是一融化就嚐出來了。味道很強烈，還帶有一點微微的苦味，讓他差點皺起眉頭，而且裡頭還有核。

這有點像他夏天裡遇到的那些麻煩的嘔吐莓，但是並不會讓他覺得噁心，而且這種酸味讓他想起別的東西。一開始他說不出來，後來他想起這就像醋，或是有酸味的調味料。

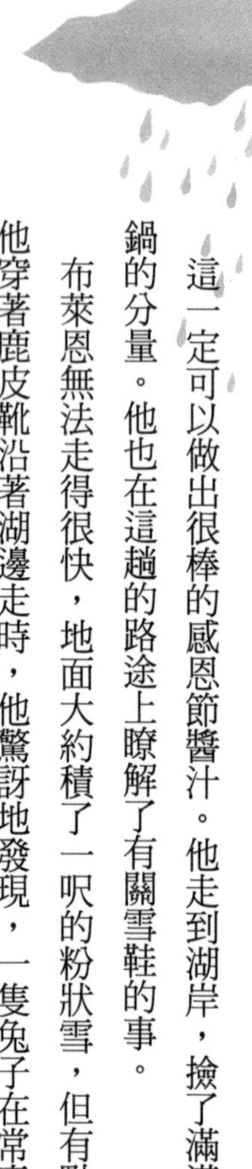

這一定可以做出很棒的感恩節醬汁。他走到湖岸，撿了滿滿一小鋁鍋的分量。他也在這趟的路途上瞭解了有關雪鞋的事。

布萊恩無法走得很快，地面大約積了一呎的粉狀雪，但有點硬。當他穿著鹿皮靴沿著湖邊走時，他驚訝地發現，一隻兔子在常青樹下像子彈般地穿越雪地跑開，那隻兔子已經全部變成白色了。

沒有陷下去。布萊恩看著牠跑開，然後又走了四、五步，這才想起兔子是在雪地上面跑，而布萊恩每踩一步，就會陷入雪中。

他移動到兔子足跡旁邊觀察，發現足跡很大，比他之前看過的足足大了兩倍。更靠近一點發現，兔子長毛了，所以腳變大了，他覺得真是太完美了：能夠在冬天改變毛色，還能使腳變大，以便待在雪面上，多棒啊！他將這個資訊記在心中，然後回去準備感恩節大餐。

裝了一點雪和野莓果在鍋子裡，放在火上融化煮沸，同時將背肉和雪放在另一個大鍋子中燉煮。

「好多東西，」他覺得：「做一頓感恩節大餐需要有好多東西。」

他想要一張桌子、一張椅子和桌巾。不，他想要一隻火雞和一些配菜，還要一張桌子、幾張椅子和桌巾，以及爸爸媽媽坐在旁邊，還要牛奶。喔，對了，一杯冰牛奶、麵包、奶油、馬鈴薯、肉汁和……

他想要的比他擁有的多太多了，他想回到屬於自己的地方，擁有一切東西，然後去看場電影。不，他要坐在電視機前面看足球賽，一邊吃東西，吃到打飽嗝，還有……

這就是他想要的。

而他能做的，卻只是整理棚屋。

他一直睡在從救生包裡找到的泡棉睡墊上。他清理所有東西，將睡袋掛在太陽底下晾乾，然後用手斧砍下常青樹的大樹枝，像地毯般攤在棚屋內。

當營火的熱氣加了溫，搬進棚屋的大樹枝就發出極棒的香味，充滿整個棚屋。然後他將睡袋收回室內，把墊子和睡袋攤開，感覺自己來到一個新家。

野莓醬先沸騰了，他加了一些雪進去，繼續煮，直到變成黏稠狀。同時，肉也煮好了，他將肉放在一邊，先嘗嘗野莓醬。

他覺得苦，但是味道很濃，而且不難吃。他切下一片麋鹿肉沾上醬汁，分兩口吃下。

真是美味，幾乎就像沾了牛排醬或是一種帶苦味的番茄醬。他又拿了另一片肉沾醬汁後吃下，醬汁流到下巴；吃到第三片時，才想到這就是他的感恩節大餐。

他心想：「在我開始表達感謝之前，自己的吃相就跟狼一樣。」

表達感謝這個想法讓他停了下來。一開始，他的腦袋一片空白，想著：「要感謝什麼？感謝飛機失事讓我能在這裡？我應該要為了這些感謝誰？」

然後有一個小小的聲音，就像耳語一般，突然進到他腦海，說著：「有可能會更糟呢！你其實有可能跟飛機駕駛一起墜落。」

他覺得自己的想法很糟糕。於是他先不去想食物，強迫自己去感謝他所有的好運，不再去想不好的事。

嗯，逃過墜機而活下來，真的很幸運；能活下來，學習和瞭解一些事情，還能夠去打獵，都很好。他感謝動物的犧牲讓他有東西吃，感謝鹿和麋鹿，啊，麋鹿好像給了他全部的存糧，感謝他的棚屋、刀子和手斧……

手斧，是所有事物的關鍵。做任何事都少不了它，光是這點就足以得到他所有的感謝。

他還要感謝每一根柴火和樹林中每一根細枝，讓他保持溫暖；還有他的睡袋，以及把他從熊的手上救出來的貝蒂，還有北美山雀在營地附近徘徊，還有太陽帶來新的每一天……

所有的這些，他覺得所有的這些，還有更多更多，都是他所要感謝的。在他結束這段有點像禱告的思緒時，浮現了另一個有關駕駛墜入湖中的想法，他多麼希望駕駛能有更好的生活，不知道他現在過得好不好。

然後他很快吃著食物，想著他的父母。當他過完他的感恩節時，已經很晚了，到處都黑漆漆的。他爬進睡袋裡睡覺，一閉上眼睛就馬上昏昏欲睡，然後他聽見了槍聲。

13

夜半大爆炸

一開始沒有什麼印象。

那晚變得又冷又安靜，但棚屋裡很暖和。當他聽到一個尖銳、猛烈的「砰！」一聲時，正處於一種半睡半醒的狀態。

他還半做著夢，心裡覺得那是夢的一部分；但又再度「砰！」地一聲響了，聲音有一點遠；然後又響了第三次，這次很遠很遠。

在第三次槍聲響起前，他已經站了起來，推開門，站在開口處。

「喂！這裡，我在這裡！」

他注意傾聽，然後聽到另外兩聲，是更微弱的聲音，然後就沒有了。由於早在他死了心之後，睡覺時他都不穿內衣褲了，因此，他赤

身裸體站在冷空氣中，身體的熱度維持了一兩秒，然後急速下降，接著他感到一陣寒冷襲向他。

他還是站著，傾聽，屏住呼吸，然後又聽到一個聲響，聲音是如此遙遠，以致於他差點兒聽不到。

但在那以後，就再也聽不到任何聲音了。

「喂！」他再一次大喊，但是沒有任何回應，而寒冷一再襲來，他只好關起門來，爬回睡袋之中。

真是瘋了！那些黑暗中的槍聲，是誰在射擊？他們對著什麼射擊？他明天要出去找找足跡，至少距離最近的一個聲音似乎就來自——湖對岸的某個地方。

而且，為什麼他們不回應他呢？他們應該聽到他了啊！發生了什麼事嗎？他真的瘋了嗎？還有，為什麼布萊恩以前沒有看過或聽過別人……？

他打算再睡一下，也累得很想睡了，但他無法把想像中的畫面趕走

——一個帶著高效能來福槍的瘋子就在某處，在黑暗中射擊著什麼。

於是布萊恩把更多木材放進營火，對木炭吹氣，讓營火能夠燒起來。他坐了一整夜，間歇性地打著瞌睡，一直等到天亮，這樣他才可以去追尋足跡。

第一道曙光出現時，他穿上了衣服，輕輕地把門推開，然後站到外面去。

進入冷氣牆中。

他曾經閱讀過何謂寒冷，在他小時候，有一位老師曾經為他讀過一首關於阿拉斯加的詩；他也聽過寒冷的故事；也在電視裡的探索（Discover）頻道中看過關於寒冷的節目，但他從來沒有像這樣親身體驗過。

他的呼吸停止在喉嚨之間，似乎連眼睛裡的濕氣都要凝結起來了，而且他確實覺得自己的鼻子裡面很緊，快凍僵了。一點風也沒有，甚至連一點晨間的微風都沒有，完完全全靜止。

當他向前踏出一步的時候，他覺得空氣正對著他的眼睛衝擊，他得眨眼才能夠防止眼睛凍僵。

零下三十度、零下四十度、零下五十度——他甚至無法猜出現在有多冷，於是他想：「這就是人們之所以會在寒冷中死亡的原因。他們停止不動，每一樣東西也停止不動，然後死了。」

他拉起帽子，雖然那非常粗糙，可是卻能讓頭部暖和起來，令他非常驚訝。他戴起手套，拿著長矛，為了要獵麋鹿，所以長矛很長。然後他快步向前走，盡可能地快，一直到覺得熱為止。

雪是乾的，就像是水晶狀的麵粉或水晶狀的糖，在他走路的時候，雪就好像從他腳邊流過一樣。

他繞營地一圈，走到湖面的冰上面，冰上也覆蓋著一層雪，然後轉回來，除了兔子和野鼠之外，看不到任何其他蹤跡。

他開始向發出聲音的方向慢慢移動，奇怪的是，他突然開始覺得暖和起來，甚至感到很舒服。布萊恩縮回帽子中，空氣還是一直拂著臉，但他的臉變得更暖。事實上，一旦頭、臉暖了，整個身體也暖了。只要他習慣於寒冷，他就可以環顧四周，並且感激圍繞在他身旁的世界。

「真是個美麗的世界！就像置身在玻璃之中一樣，」他想：「一個美麗的水晶玻璃。」空氣非常乾淨，清澈透明到他可以看到五十或七十五碼外的松樹細枝和針葉。而且一切都那麼安靜，安靜到北美山雀飛過樹梢到牠們群聚的地方覓食時，他都可以精確聽到牠們翅膀扇動空氣的聲音。

四面八方都有足跡，只要他離開營地進入森林，就有很多兔子腳印，他覺得應該有上百隻兔子住在棚屋附近。有些地方足跡密布，密到可以踏出路來，顯示兔子曾經在同一個地方跑來跑去，以致於成為一條窄窄的高速公路。有些地方被雪填得很扎實，可以讓布萊恩保持步伐平穩，因此他走在小樹叢裡的足跡上，以避免陷入雪地之中。

但他並不是來找兔子的足跡，有人來到這裡開槍，晚上並沒有下雪，因此，應該有足跡，一定有足跡。

但是卻沒有任何足跡。他走到離營地更遠的地方，又繞了一次圈子，並在發出聲音的地方畫出一個寬大的弧形，還是沒有找到任何足跡。或者說，除了野鼠、鹿、還有他覺得是狐狸的足跡，以及上百萬隻兔子的足跡之外，什麼都沒有。

他在正午時停下來，站在樹旁努力尋找一些不同的痕跡，某些可以讓他知道是他們的痕跡……

整件事是他在做夢嗎？會是他夢到槍聲嗎？或者，也許是他獨處太久，快要瘋了。那是有可能的，事情總是這樣。人們早在遇上遠比布萊恩所面對的壓力還小的情形下就瘋了。也許就是這樣，不是他夢到槍聲，就是他瘋了，一定是這樣……

砰！

這聲音離他的頭好近，他不由得腿一軟，跪了下來。他們竟然對著他開槍，而且很近，緊緊挨著他。這次不是做夢，也不是瘋了，他們就在他上面。

他滾到左邊，蹲伏著接近一棵大松樹後面，等待，觀察。沒有任何東西——他完全看不到任何異常的東西，只有小樹叢和樹木，以及……那裡！他沿著地上看，然後將目光向上抬一點，讓視線可以向上掃瞄十呎左右，然後他看到了。

一棵白楊木受損了，樹木和樹皮的碎片看起來像是從裡面噴出來的，彷彿被一個爆炸的炮彈擊中一樣。這棵樹仍然站立著，但損毀得很嚴重。他想了片刻，覺得是有人在惡作劇，在離地十呎的地方射擊樹木。

但這棵樹又沒有被射中，他靠得更近，仔細研究之下，並沒有明顯的彈孔，只有一些破碎的傷痕。除非他親眼目睹，否則他永遠無法瞭解原因，而那差點成了他在世間上看見的最後一件事。

就在他面前，不是十五呎遠，而是只比他的頭高一點點——一段一呎長的樹木斷片，伴隨著破碎、爆裂聲，差點兒震聾了他；同時從樹上飛來的木頭裂片像箭一樣攻擊他。他沒有時間躲避、移動，甚至連眨眼也沒辦法。裂片有一呎長，直徑只比他的拇指大一點點，跟針一樣地尖銳，攻擊他的臉部，猛烈地刷過他的耳朵，再穿進他的皮帽後面。

他戴著連指手套，伸出手握住裂片，但手套又大又笨重，使他無法將裂片抓牢，於是他脫掉右邊的手套，赤手抓住木頭。

裂片完全結凍了，凍到黏在他手指溫暖的皮膚上，他必須用力甩，才甩得掉它。樹木從裡到外都凍透了，這很奇怪，他從沒想過，從沒有思考過樹木在極冷的狀況下會發生什麼事。他只認為它們會以某種方式度過寒冬，也許只是跟著變冷而已。

但樹木內部是潮濕的，有樹汁，當天氣非常冷的時候，樹汁一定也會結冰。他走近剛剛爆炸的那棵樹，看到整個斷片好像是從側面射出來一樣，也許有一呎半長，四到五吋寬。但破碎、爆裂的力量似乎來自樹木內部，他後退一步，瞪著傷處思考，最後想出一個理論。

樹木會從外面開始結冰，環繞著樹，一路凍成一圈。當天氣真正冷了起來，就像昨夜那麼冷的時候，內部也開始結冰了。液體結成冰時，體積會膨脹，或者試圖膨脹，這是他從克雷蒙老師的科學課堂中學到的。

但由於樹木四周已經結成了冰，沒有空間讓中央膨脹，當外面還撐得住時，中央結的冰只好停留在那裡，鎖在中央，但當這股被壓抑在樹中央的力量逐漸增強，壓力愈來愈大，愈來愈大，大到無法保持原樣，便從樹的一側爆裂出來。

那不是槍擊，是樹的爆炸聲；沒有帶著槍四處亂跑的瘋子，布萊恩也沒有失去思考能力。

只不過是冬天，如此而已。

布萊恩瞪著樹看，又看看樹的四周，他現在十分確定一件事：每一樣東西都不一樣；樹木在夏天是一個模樣；而在冬天則是另一種樣子，完全不同的狀態。

因此，如果他要活下去，就得學習這種新狀態，這種冬天的森林，他必須要研究它、瞭解它。

因為下一次可能就沒有這麼幸運了……

14 雪地上的大腳印

事實證明，天氣比他想像的還要嚴酷得多，那晚鋒面進入而使溫度上升——真是一種令人高興的解脫，溫度升高到大約零度上下，接著開始下雪。這一次雪下了六吋厚，然而由於雪本身不大，只覆蓋在原來的積雪上，所有的雪加起來還不到兩呎，是乾燥的細雪。當他試圖向森林前進時，雪還是多到會埋沒整雙圓筒靴，並且凍住他的腿，他只好回到棚屋清除掉那些雪，同時把靴子晾乾。

「真是的，」他坐到火旁邊：「天氣變得真糟糕……」

事實上，這可說是致命的天氣。他必須進入森林取柴火，更別說他還需要打獵，還需要研究學習。如果他凍著了腳就無法前進，那就拿不到木材，沒有木頭他會凍死。

那似乎像是一個阻礙。他坐下來，燃燒最後兩天份的柴火，同時感覺到寒冷正在等待，一直在等待。黑夜在下午四點就突然降臨了，他在黑暗中坐了一會兒，思考問題，身子向後仰瞪著營火，這時他想起兔子。

牠們有一雙大腳。

他也必須這麼做，他一想到就笑了起來，並且開始想雪鞋。他根本就忘了這回事。

他所要做的事，就是做一雙雪鞋。

「明天一早就做。」他一邊想，一邊躺回睡袋中打盹，差一點兒就睡著了。既然解決了問題，他就感到舒適、輕鬆，也笑得出來了。這時，他才想到自己根本不知道如何做雪鞋。

這讓他又醒了一個鐘頭，直到雙眼再也睜不開，才帶著未解決的問題入睡。

兩把弓。

這個想法在他清醒前的朦朧狀態時出現。天氣很冷，火勢已經減弱，他在睡袋中既舒服又溫暖，一點也不想起床，於是他閉起眼睛躺著，把頭埋進睡袋中，打著瞌睡，差點兒又要睡著。就在這時，這個想法出現了。

兩把弓。

如果他做兩把木頭的弓，然後把兩端綁在一起，再利用某種橫木把中間撐開，維持接近橢圓的形狀，那他就有雙還算像樣的雪鞋了。

結果差不多就真的那麼簡單。他從湖邊的柳樹砍下木材，帶回四片五呎長的木塊，回到溫暖的棚屋之中。同時他還帶回一些不同的短木片，那是從同一棵柳樹比較低、比較粗的樹枝砍下來的。

這些木頭凍得很硬，但在火邊很快就軟化了，變得和夏天時一樣柔軟。他用刀子輕易地就把樹皮剝下來，然後拿出其中兩片，把兩端用麋鹿皮的細邊綁在一起，然後將中間的地方拉開到足以放進手斧，將兩邊撐開大約十二吋；再用獵刀裁切橫木片，削出切口，以吻合長邊的木頭，做成一個十字形的支柱。

他放進兩個十字形支柱來撐開長邊，然後用細長條的麋鹿皮把十字形支柱綁在固定的位置，雪鞋的框架便做好了了。

他以同樣的方式做了第二個，一共花不到兩個小時。接著進行下一個步驟。

他要用細帶來填滿它。他留下很多鹿皮，但都凍在外面。他把鹿皮帶進來，放在營火附近，之後整個下午都在等它們融化，直到可以折起來切成細邊，準備做成雪鞋的織物。

現在這些對他來說都很神祕難解。他曾經看過雪鞋的照片，有個模糊的概念，覺得那好像是編織出來的，有點像網球拍——相當粗糙的網球拍，但就是那樣。

他有很多剩下的麋鹿皮，於是他開始切出半吋寬的細帶。他不知道到底需要多少才夠，但是他覺得應該要很長，所以他只是一直切一直切，沿著一大塊皮的邊緣，一圈又一圈地把邊緣切割下來，不時停下來磨磨刀子；直到他切了一堆細帶，堆在火邊的地上。

這時天已經黑了，但他只加了一點點木頭到火裡，棚屋非常密封，待在裡面只要有小小的火焰便異常溫暖。他繼續工作。

他不知道接下來要怎麼製作雪鞋，他曾看過照片，也知道要用某種方式編織，但不確定要從何下手。到最後只好從中間往兩端進行，交叉繫住長條的麋鹿皮，牢牢固定住每一邊，間隔兩吋，做出水平的細長條，拉緊每一條皮帶，然後以雙結打結。

皮很硬，所以他必須在樹枝上摩擦，藉以柔軟這些皮，這也讓他的速度慢了下來。當他完成鞋子的橫木之前，就已經很晚了，但他沒有去睡，繼續做。

他試圖簡單地把努力切出來的細長條編進去，但太鬆了，因此他從鞋子的一邊做到另一邊時，同樣用間隔兩吋的皮帶，在每一個交叉的皮帶上打結。

他編織好一隻鞋子時，天已經亮了，看著鞋子的外觀，他差點兒就笑出來。但他沒有去掉皮上的毛，那些留下來的毛足以填滿所有的洞。他本來要把毛燒掉，後來想到，那些毛可以讓他待在柔軟的雪地上。最後他爬進睡袋，在清晨睡了四個鐘頭左右，仍然對鞋子的長相感到好笑。

他睡到大約九點才起來，用還在燃燒的煤炭重新點燃營火，並將幾塊麋鹿肉厚片切成細條，把肉和雪放入鍋子裡，做一鍋早餐燉肉。等到棚屋一溫暖起來，便又回去工作。

因為他已經有了做第一隻鞋子的經驗，第二隻就進行得快多了，還不到正午，他就完工了。他吃燉肉，喝著肉湯，又看了他的手工製品一眼。

看起來很古怪，坦白說，實在是很醜。那些毛密到讓他看不見細帶，但似乎很堅固，現在，他所要做的，就是想個法子把它們固定在腳上。

他想不出任何腦海中的照片或記憶可以顯示出雪鞋的固定方式。最後，他只簡單地綁住皮帶，向下交叉到中間，盡可能地綁緊，緊壓在腳下面。

試穿完就沒事了。他把火埋起來，讓煤炭可以保持得久一點，然後穿上衣服和鞋子，走到外面。

雪鞋緊緊地附在靴子上面，感覺起來剛剛好。

他馬上開始試走，棚屋附近的雪已經緊實，而鞋子也很舒適——不太靈活，但他可以滑行。

一離開棚屋，到了新雪上面，又是另一回事了。他走了兩步便跌了個狗吃屎，整張臉都埋進了雪裡。鞋尖一直鑽進雪裡而絆倒他，他試著用腳趾撐住，但沒有用，不斷踉踉蹌蹌，往前跌倒，直到他想到把腳帶向前移動才好一點。

這只花了一分鐘。當他重新開始走時，腳步跨得較遠，先舉起鞋子前端，清掉尖端，然後鞋子橫過雪地上面。

情況改觀了。又絆倒了兩次後，他便找出了一種步調，讓他的腿跨得夠開，以防止鞋子互相打到，然後移到更深的雪地。

這真的很神奇。雪是粉狀的，雖然鞋子並不如他所預期的，可以讓他保持在雪面上，但他只會下陷三、四吋就停住，而不會整隻腳一路深陷到兩呎深的雪裡；而且雪鞋還能讓他的腳和腿避開冰雪。

雪不會沾到他的靴子上，他的腿便能保持溫暖乾燥，身體的其他部分也能維持溫暖乾燥；而且更好、更好的是，他又可以走動了。

他直直走到離湖岸四分之一哩遠的枯白楊木所在地。白楊木通常在枯死後還會直立著，因此木頭會乾掉，只要把上面的積雪清掉，便是很好的柴火。他曾經因為雪而無法取得，但現在雪鞋又讓事情變得容易了。

他折斷大樹枝，撞倒小棵的枯樹，並以畫出圓弧的方式往前邁出步伐，他把剩下的半天都用來搬木頭，直到棚屋旁積了很大一堆，足足可用上一個星期。

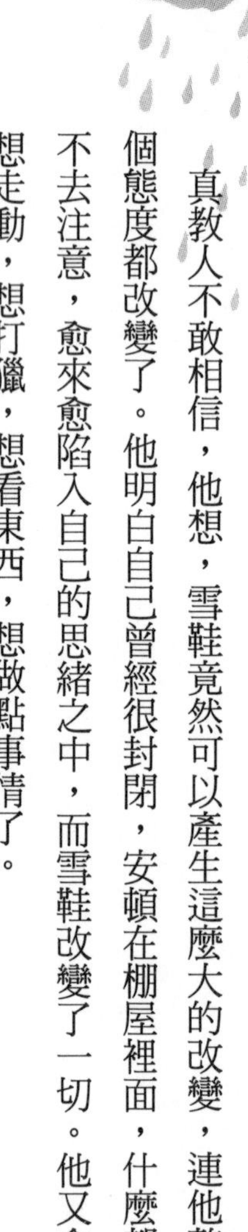

真教人不敢相信，他想，雪鞋竟然可以產生這麼大的改變，連他整個態度都改變了。他明白自己曾經很封閉，安頓在棚屋裡面，什麼都不去注意，愈來愈陷入自己的思緒之中，而雪鞋改變了一切。他又會想走動，想打獵，想看東西，想做點事情了。

打獵補充糧食的想法進入他的思考之中。他把雪從麋鹿肉上拂開，看到自己已經吃掉那麼多時，不禁目瞪口呆。他沒有長胖，事實上還瘦了一點，然而卻不知不覺吃得跟狼一樣多。

他已經吃掉了兩邊的肩肉、背部還有隆肉的區域，以及一隻後腿，那些區域的肉都切到只剩骨頭。真正剩下來的只有左後腿，他將砍下一塊，並丟進骨頭一同熬煮，做成肉凍燉鍋。

他必須再去打獵，那晚睡前，他花了好幾個小時確認戰弓和箭矢狀況良好、檢查長矛、磨利手斧和刀子，重新綁緊雪鞋因整天搬運而鬆開的部分。

那晚溫度降低的速度就像石頭落下一樣快，因此他再度聽到樹木爆炸聲。但是他在棚屋裡睡得很熟，並且夢到自己走在白雲上面……

15 完美的獵殺

一切都改變了。

不知怎地，他覺得周遭除了較冷、較白之外，和平常打獵時沒什麼不同。但事實並非如此，這似乎是另一個世界。

他煮了燉肉當早餐，天還沒亮就開始吃了。但直到快十點了，太陽完全升上來了，他才把門打開。

布萊恩從來沒那麼冷過。他從未想過自己會看到這種景象，也從未想過自己是否真的得在這麼寒冷的狀況下生存下去。他戴上連衣帽，必須慢慢地將空氣吸進鼻子，讓空氣變暖，才不會進到喉嚨一半就卡住了。

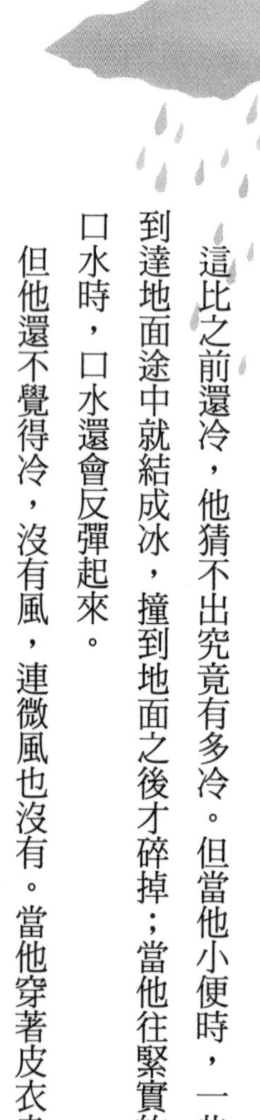

這比之前還冷，他猜不出究竟有多冷。但當他小便時，一些尿液在到達地面途中就結成冰，撞到地面之後才碎掉；當他往緊實的雪堆吐口水時，口水還會反彈起來。

但他還不覺得冷，沒有風，連微風也沒有。當他穿著皮衣走路去打獵時，很快就暖和了起來。

他已經好一陣子沒去打獵了，本來想要試射幾次，但他知道，他會在雪中把箭弄丟。他想辦法向後拉了幾次弓，彎曲一下肌肉；然後發現因為外套太笨重，他必須向前傾一點，袖子才不會阻礙到弦。

他也無法長時間不戴手套，因為手會凍僵，所以他必須在發射前把手套甩掉。

到處都有獵物，牠們似乎不在乎有多冷。布萊恩看見四處都是兔子，他其實可以獵到好幾隻，但是麋鹿已經把他寵壞了，大型動物有好多肉，只要牠死掉——獵殺還是困擾著他，而且獵殺大型動物在某些意義上來說，似乎比較正確。他可能要獵捕一百五十隻兔子，才相當一隻麋鹿的量……

他沒有獵到麋鹿，連看都沒看見。他看到牠們的足跡，看起來還滿新的，但是他跟隨足跡走了一哩以上，仍然沒看到。他判斷，要在粉狀的雪中分辨足跡新不新是不可能的，因為看起來都一樣。

他走回營地，決定開始要獵兔子時，看到一隻鹿。

是只有一支鹿角的雄鹿。布萊恩猜測另一支角是撞斷的，或根本就沒長出來過。但是鹿的體型大小剛好，雖然和麋鹿差得很遠，不過比一般鹿來得大。布萊恩仔細研究著相互位置。

布萊恩在小小的高地上，鹿比他稍微低一點，站在冰凍的湖邊大約五十五碼處，這對射箭來說有點遠了。鹿置身在厚及牠肚子的雪中，咬下紅柳嫩芽咀嚼著，但是耳朵不斷轉動。布萊恩知道自己無法在不引起牠注意的狀況下更加靠近。

當他面向鹿時，左下方有一個淺淺的窪地，角落正好朝著雄鹿。雖然沒有深到可以讓布萊恩完全隱藏，但至少能在他移動時，遮住自己

的頭。他小心地抬起雪鞋向前移動，一步一步輕輕地在雪面上走，移動到窪地下方。

他看著鹿，趁牠低頭咬柳樹時，才移動腳步，一步一步慢慢走，很慢，非常慢，似乎經過了幾小時，靠近了十五碼。

三十五碼，還是太遠，兩倍之遠。

等，當鹿吃東西時，跨出另一步；再等，屏住呼吸，再兩步，再一步，再半步……

二十碼。

十八、十六、十五。

十五大步。

他已經學會如何打獵，如何等到適當的時機，以及如何不浪費任何一次機會。他鬆開手套，讓它掛在繩子上，手指放在弦上等待，一切靜止。

鹿向右望向他，盯著他，接著看看下面、回到上方，右腳跺了跺，再看他一次，最後滿意了，轉回去吃了一口柳樹。

沒有比現在更好的時機了。

布萊恩小心地舉起他的弓，拉弦，看看箭會朝哪裡飛，哪裡才是他想要的位置，然後放手。

在一聲微微的撥弦聲後，箭彈出弓外。鹿聽到聲音，還有時間將頭轉過去，然後箭消失在牠的側面，正好刺入肩膀後部。

什麼事都沒發生。

布萊恩仍然站著，屏住呼吸，弓也依然在他前方。

那隻鹿站著，盯著他看，現在看到他了。因為箭插到牠心臟上方而感到疼痛，但牠仍然瞪著他看。然後牠安靜下來，慢慢地向前倒下——就跟布萊恩走路一樣慢——然後牠背部尾端倒地，頭向背後上方扭曲，直到角頂到肩膀，看著後上方的天空死去。

「永遠，」他心裡想：「好像永遠那麼久。」麋鹿那次有暴力，有襲擊，有獵殺的長矛，但這次……

這是一種謀殺。

布萊恩仍然站著，弓也依然在他前方。他想：「我本來應該會失誤的。我應該將弓稍微舉高一點，而箭則飛高一點，我本來會失誤的，應該失誤的。」

這次打獵相當完美，但這樣的完美也讓布萊恩感到非常不舒服。那隻鹿在進食，只是在吃東西，而且不知道他在那裡，然後箭就射過去了……

他搖搖頭。他已經做了他該做的事，而且這一切都結束了。他要取下所有的肉，現在有任何浪費都是不對的。

他移動到死去的雄鹿旁。那是一隻很大的鹿——還沒看過麋鹿之前，他一定會覺得牠非常巨大——但他已經學會如何處理麋鹿。他將鹿的內臟取出，將一邊的皮從腹部向上一直到背部剝下來，然後捲起來，再剝另一邊，直到皮完全剝掉。

鹿的軀體上有大量黃白色的脂肪，皮上也掛滿脂肪，他讓它們掛在上面一會兒。白天還很長，但他還有很多事要做。他開始像切麋鹿一般將牠的腿砍下，然後將背部切成塊。再一次，他保持完整的頭部，從皮上砍下頭來，然後安放到樹枝間，他仍然不想去看眼睛，雖然它們很模糊而且呆滯。

當鹿處理好，他將鹿皮攤平，然後將兩隻前腿放在上面。他打算要利用皮來搬運，但必須攤平，把它放到凍成像板子一樣平且硬。

「或是雪橇，」他覺得：「從另外一個角度看來，很像雪橇。」

他把所有的肉和心臟、肝臟堆放在皮上，然後抓著原來頭部的位置用力拉。

很好滑，好滑得讓他差點往後栽倒。雄鹿的毛很粗，而且都長在背後，當他向前拉，毛向後倒，讓它像平底雪橇一樣滑行。

「好滑喔！」他大叫：「真的好滑喔……」

營地離這裡一碼半，他原本計畫要來回幾次的，但現在應該可以一次完成。因此他不慌不忙拖著皮，跟在雪鞋的足跡後面滑行，剛好在

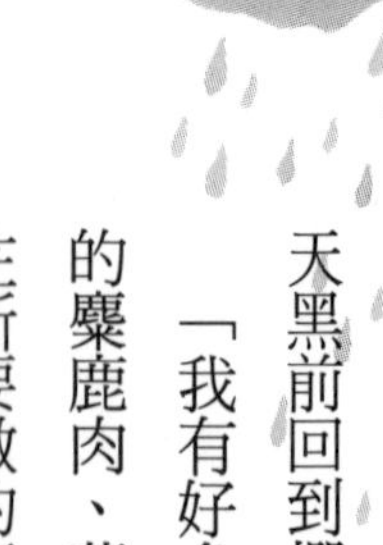

天黑前回到棚屋。

「我有好多東西喔，」他說著，一邊看看自己所擁有的東西：存放的麋鹿肉、蒐集的柴火、棚屋、還有現在這隻鹿。「我準備好了，現在所要做的事是……」

他無法想出一個字。他想說「玩」，但是他很久都沒有想到玩耍這件事了，也或許他把這一切都想成是在玩。

當晚他奢侈地不煮肉，反而切下一片鹿肉，用木棍叉在火上烤。但並不完美——木棍燒斷了，肉掉到火堆中兩次，肉汁完全流失在火焰中了；而且整個棚屋都是煙，害他必須打開門將煙清出去——但這很棒，肥肉部分烤得有點焦，他一直吃到胃快脹破。

夜晚出現的一些變化驚醒了他。他在黑暗中睜開眼睛躺著，最後他知道是一陣微風吹進來。溫度漸漸升高，頑強的寒意消失了。大概快下雪了吧。

他並不在意。他想念夏天和隨後而來的短暫秋天，但在某些方面，他比較喜歡冬天。

他微笑著睡去，好幾個月沒有看到蚊子了。

16 狼的獵殺

天氣變暖了，他第二天開始跑。

不完全對——他只能穿著雪鞋快走——但他感覺到狼在跑。

他決定多看一點，多點什麼，而不只是把所有的時間花在棚屋裡，不是看著獵物，就是看向門外。

他想要更多，而雪鞋及某種新的信心讓他隨心所欲。他拿起弓和矛，把裝滿箭的鹿皮箭袋背在背後，帶著打火機。再用一個鹿皮小袋將一天份的肉包在裡面，然後循著狼的路線跑，看看能發現什麼。

他從棚屋向外以平緩的環線移動，探尋這塊土地。剛開始幾天，他因為有點擔心會迷路，所以沒有走遠。後來決定不管了，因為他能從

雪鞋的足跡找到回去的路，即使足跡被雪掩沒了，只要花一點時間，也能憑直覺找到回棚屋的路。他現在在樹林之中就像始終在家一般，而且皮帶上有手斧和刀，打火機能馬上點火，雪鞋還能讓他站在雪地上，這下子他變成冬天的動物了。

在這個星期結束之前——整個星期，天氣持續溫暖，一天溫度升高三十度以上——家就是他停下來生火的地方。事實上，他連晚上都待在棚屋外，穿著衣服坐在火堆旁聽狼的嗥叫聲，看著火光在火堆周圍的雪中閃耀，就像上千顆鑽石的眼睛。

隔天氣溫持續變暖，他在離營地大約四哩的山脊上追蹤麋鹿。他沒有射殺麋鹿的打算，但就像狼在追蹤一般——不是老在獵殺，而是去觀察，去瞭解。今天稍早他看到一隻很大的無角麋鹿，跟著牠的足跡走了四分之一哩，看著牠穿過樹林，啃了啃之前獵的那隻鹿吃過的柳樹。牠們的啃食，讓柳樹感覺上似乎很好吃的樣子，布萊恩也想試試看。結果吃起來就像啃木頭，他吐了出來。

麋鹿並不知道布萊恩在那裡，布萊恩仔細觀察牠，看著牠吃東西和移動。麋鹿相當巨大，比布萊恩曾殺過的母麋鹿大上兩倍，或者更大。布萊恩懷疑，就算他把弓拉滿，用非常銳利的箭矢，也未必能刺得夠深將牠殺死。也許用矛，然後很用力的刺下去，或者像上次一樣，麋鹿會自己衝到矛上面……

他一邊思索著，一邊看著大約一百碼外，位在突出的松樹枝處的公麋鹿，想像著會發生什麼事，以及如果他想試，該怎麼做才能得到麋鹿。然後，他看到了狼的獵殺。

一開始，他並沒察覺發生了什麼事。他看見麋鹿突然靜止，轉過頭，巨大的耳朵警覺地向前移動了一下，然後他看到一個灰影掠過，碰了麋鹿一下，擦過麋鹿的臀部。

狼。他看到另一個灰影穿過樹林，他只來得及想起這個字。然後灰影再度掠過麋鹿的臀部。後來又有兩匹過來攔截、閃避，看起來有七、八匹，但他想應該只有四匹。

這就夠了。公麋鹿試著抵抗，用牠的前蹄攻擊，用後腿踢，再轉過頭面向攻擊者。但牠們持續從旁邊快速攻擊麋鹿的後腿和臀部後端，猛拉牠的後腳筋，直到牠無法站立，一屁股坐下；狼瘋狂似地開始撕扯牠的臀部，在牠還活著時就將牠撕開，拉扯牠的後腿肌肉和臀部。每咬一口，傷口就愈大，直到整個雪地上都是血，連狼的身上也是。

麋鹿雖然還活著，但狼已經開動了。牠們拉牠的臀部，將內臟拖出來；牠試著用前腳向前移動，直到最後因為太虛弱而倒下。

布萊恩希望自己不曾看到這一幕。他覺得用箭打獵很慢，而且不太管用，但是這個——這個完全不同。

狼對於血腥味、從麋鹿活體拖出的溫熱腸子非常瘋狂。而麋鹿過了很久才死去，狼在吃牠的時候牠還活著，但只能躺在那裡。

布萊恩全身發抖，他之前曾見過狼，但不曾感到害怕。他從未想過牠們會攻擊他，但如果牠們做了——如果牠們這樣對我，然後把我扯倒在地。

他轉向別的地方，搖搖頭。牠們不會攻擊我，牠們還沒做，但是擁有許多機會，牠們吃鹿、麋鹿，希望牠們不吃男孩。

當布萊恩安靜地離開，留下牠們在那裡大快朵頤時，他始終讓箭留在弓上，手指也一直放在弦上，不斷回頭看著牠們撕扯公麋鹿，狼吞虎嚥地吃著溫熱的肉。

到了晚上，他坐在棚屋的火堆旁，想著，這一切怎麼會如此讓人毛骨悚然——自然界怎麼會讓麋鹿遭遇到這種痛苦。

他瞭解狼只是自然的一部分，牠們需要獵食——如果不這樣做，自己就會死掉。

但是慢慢地……

他盯著火焰盯了很久，邊想這件事，他想，睡覺時應該會夢到，但他卻沒有。他反而夢見他的家，他和爸媽一起坐著看電視。當他醒來時，太陽剛好快下山——這是他睡得最晚的一次。

他走到外面去上廁所，天氣非常和煦而且溫暖，不需要穿他的外套，是一個溫暖的十二月天。在他回去生火煮肉時，他聽到兩棵樹爆炸的聲音。從有點遠的地方傳來，砰地一聲，過了不久又一聲。

砰……砰。

當他領悟他所聽見或他沒有聽見的是什麼聲音時，他正在生火，並將雪和肉放入鍋中，放在火上煮。

這種天氣，對樹的爆炸來說太熱了。

17 一條直線

之前他曾愚弄過自己。他以為自己聽到飛機聲，卻沒有；他想像自己看到人，樹爆炸時以為有人在開槍——這些都是錯的。

所以現在他想著，那會是什麼。如果那不是樹的爆炸聲，那是什麼？除了槍聲外，他想不出其他東西，除非樹在天氣變暖後也會像變冷時那樣爆炸。

他怠慢棚屋了，於是第二天花了一整天整理棚屋，蒐集很多木材、將雪鞋綁好、檢查弦，還磨利手斧和刀。天氣還是很溫暖，所以他將睡袋放在外面，不知怎麼的，他做完這些事，已經接近天黑了，還要煮飯和打理一切，準備過夜。

他在營地附近工作了一整天，但一點都不覺得累。天黑後他開始生火煮飯。在這期間，他不斷聆聽，因為他知道天氣已經變暖了，那應該不是樹的聲音。他不去想以前的事，就只是專心聽，等待著，但他沒有再聽到那個聲音。

他躺著看炭火，溫暖的火光照亮了他的臉。當他閉上眼睛，他知道，隔天他要試著去找出聲音的來源。他想，那一定是段很長的距離——聲音非常微弱——他應該會為那個聲音找出一些道理來。

但是他要去看看。

他一定要去看看。

他在黎明之前醒來，生起一個小火來燉肉，然後準備他的裝備。他還沒忘記狼，他看看矛、戰弓、還有箭，在肩上環繞的皮帶放上手斧和刀子，然後在天光大亮時離開營地。

布萊恩知道這次可能一無所獲，然而，他打算大搖大擺地走過被狼殺死的麋鹿旁邊。那裡有四匹狼，但是有一隻很大的麋鹿，那裡應該還有肉留下來——如果狼走了的話。

他不必擔心，狼已經吃掉臀部上方及下方，胸部也是，但是背部和前肩都完整無缺。布萊恩心想，等到搜尋結束之後，他要回來拿一些肉回營地。

溫暖的天氣軟化了雪地表面，但到了夜裡又再度冰凍。所以雪鞋不會陷下去，還會浮在雪面上，就像溜冰一樣。

「如果我有雪橇，」他自言自語：「我就可以飛了……」他在想，做一雙雪橇有多難——用木頭削製。這幾乎不可能，但他一直想著，他可以用手斧砍一根筆直的木頭，將它磨平，然後想辦法把底部弄彎。他在腦中想像每一個步驟，興奮得差點就錯過了。

一條線。

他走了三哩或多一點，他爬到山脊上，這樣就能看得更遠。樹林間散布著幾百個池塘和湖，他彎彎曲曲地從中間走過，待在高處。他看見三隻麋鹿、一打以上的鹿，以及上百隻兔子，他可以獵個幾隻，但他也試著去找一些線索，一些不尋常的事物，就在那裡：一條線。

在他所在的山脊下方，離湖心一哩遠的地方，從湖的東邊延伸到西邊，有一條線，一條直線。

他剛才看見它，但現在又不見了。他一邊走一邊找，而且還一邊想著雪橇，然後他停下來，再找一次，就在那裡——雪中有一條跨過湖的線。

布萊恩發現，幾乎沒有一條天然的線是筆直的，高高低低的樹緣、遠方的地平線，但是其他就很少了。動物的足跡通常是混亂或圓形，很少是直線的。

但是湖有一哩遠，這條線可能是任何東西留下的。他走近一點，離開山脊時還一直看著，直到樹擋住了視線，於是他盡快用雪鞋滑過堅硬的表面，直到再度看到它——但這次不是在湖上，而是在進入冰以前，穿過樹前方。

一樣的線。

靠近一點時，他看出那不只是一條線，而是一條在雪中的窪地。他再靠近一點，來到窪地旁邊。那個窪地大約五吋深，兩呎寬，底部就跟冰塊一樣平滑。有一個平坦的痕跡離開湖岸，一直到湖的表面。

這很明顯不是天然的足跡，有什麼東西來過這裡。這裡沒有足跡，只有一個光滑平坦的寬窪地。布萊恩蹲在旁邊，試圖看出是什麼東西弄出這個小徑來。

「有什麼東西經過，」他覺得：「不，不是什麼東西，而是有什麼人來過。」

一個人。

「啊！」他想：「這世界有另一個人了。」他以為這裡沒有其他人了，而這個奇怪的足跡，他幾乎可以確定是人的，只是不知道用什麼方法……

然後他在平地旁邊看到一個腳印的邊緣，緊臨著一個很清楚的狼腳印，清楚得像是狼站在石膏上做了個模型；在溫暖的天氣下，柔軟的

雪中、一個狼的腳印，只有一個，在湖上朝外。

有人跟狼在一起？

不，這是不可能的。有人拉著東西走過這裡，把原有的狼腳印蓋過去，但留下一個。

拉什麼？某種平底雪橇嗎？某人拉了一個平底雪橇來到這個有狼腳印的荒野？

在這裡？

真是荒唐。布萊恩不確定他身在何處，他也不知道墜機前，多久會有一架飛機飛來，可是他確定沒有人會將雪橇從文明的地方拖到這裡。但過了不久，他懷疑他所看見的是不是真的——有個人留下足跡，也許是他產生幻覺了。

但當他搖搖頭之後，足跡還是在那兒，如果這是夢或幻覺，那狼、被殺的麋鹿、還有砰的聲音也都是幻覺了……

不，那是真的。

所以他該怎麼做？

他想：「別傻了，當然是跟著足跡走。」該走哪一個方向？沒有任何跡象顯示地面上的足跡是往何方，只有一個狼腳印在湖的邊緣。

好吧，為什麼不呢？那個方向比任何一個方向都好。於是布萊恩朝那個方向出發，走在痕跡上，有點像修築的高速公路。如果不是他特別興奮，那就是他其實有點不相信自己所見的，以及正在做的事。

他穿過湖，由另一邊走進森林，沒什麼不同，只有一條小徑在他前方。他繼續走，愈走愈常看到狼的腳印，尤其在樹的周圍——腳印都在外面——就這樣一天快過了。

接近中午時，他的肚子很餓，便停下來吃袋中的肉，再吃一些雪讓食物容易下嚥，然後再度準備出發。就在天黑前，他聞到一股熟悉的味道。

煙味。隨風飄來一點點煙味，他想，一些枯木和一點松樹，他聞了聞，然後味道就消失了。他繼續走，他覺得自己現在一定很接近，或者是風將味道從遠方吹過來。在夕陽下，他走過一棵很大的常青樹角落，發現四匹狼。

其實牠們並不是狼。乍看之下很像，朦朧中看起來是很大的灰色瘦長野獸。然後他看到牠們都被項圈綁在樹後，牠們對著他搖尾巴，他知道牠們是狗。

四隻很大的愛斯基摩犬。

左邊的那隻哀鳴並扭動著身體，試著要他撫摸牠。布萊恩站在那裡，嚇了一跳，他發現在狗後方有一座用天然木材蓋的棚屋，而且門是用灌木和毛皮做的。當他在看的時候，一名拿著來福槍的印第安男子站在門口，看到布萊恩，點了點頭。

「是你——我一直在想，你什麼時候會經過這裡。」

布萊恩張著嘴站著。

「我們剛煮了海狸肉，很多，夠我們一起吃。」

「我……」

「但是如何……為什麼……是誰？」

「我三星期前就聞到你的煙味，但是我不想打擾你——有些人在灌木叢中只想獨處，我想，你在來到這裡之前也是如此，但是請進來……」他走進棚屋，轉過來對他講了一些話，然後兩個小孩走過來站在旁邊，還有一個女人在他身後看著他。

「我……不知道怎麼說。」布萊恩知道他是什麼意思，他從未跟別人說過話，在……他必須停下來想一下。那種日子不會再有了，永遠不再了，那些曾在他腦海裡，每天數日子的生活，都不會再有了。

那男人消失在小屋後面，布萊恩依然站在那裡，那些狗小聲地吠著，搖著尾巴，希望有人拍拍牠。不久後，男子的頭又再度出現。

「你要進來嗎？」

「我……」布萊恩想開口說話，但停了下來，脫下他的雪鞋，走進了小屋。

尾聲

他們是克里族印第安人，靠捕獵為生的一家人，利用這個區域已經三年了。

一旦湖面開始結冰，他們便搭小飛機來這裡紮營，捕獵海狸、狐、郊狼、貂、食魚貂，以及一些山貓。他們以麋鹿肉為食物，布萊恩聽到的聲音，便是這位名叫大維．斯彭的先生射擊的聲音，他們藉由空運獲得補給。

飛機每六週會來一次，帶來很多木炭及日常必需品——麵粉、米和馬鈴薯——以及兩個小孩在家自學的學校用品。布萊恩和他們一同度過三週，直到下一次飛機帶東西來。

斯彭一家人非常有禮貌，而且因為他們沒有電視，所以不知道布萊恩遇到的災難，才會以為他是另一個捕獵者。直到他們在木屋中，吃著小金屬爐灶上的烤海狸肉時，大維才探過身子問：

「你怎麼會用獸皮做衣服，還有做石頭箭矢？你看起來很像原始人……」

然後布萊恩解釋他為何會在樹林裡，並訴說著這些日子中他所記得的事，直到兩個小孩打起瞌睡。最後大維握住他的手。

「明天，明天繼續。我們帶狗和雪橇回你的營地，把你的東西拿過來，然後你可以告訴我們更多事情，還可以教我們如何射這些東西」——他指著弓——「還有做箭矢，」他笑著：「我們已經很久都不用它們了……」

布萊恩那晚和斯彭一家人在小屋中，他穿著衣服睡。第二天看著大維把狗繫好，然後他們穿上雪鞋出發。狗兒拉著雪橇跟在後頭，才一次就把布萊恩所有的東西帶回去，連肉也帶了。布萊恩花了另一個下午和晚上告訴他們所有的事，他們吃著馬鈴薯、麋鹿的背肉，還喝著加糖的咖啡。布萊恩拿出弓、魚叉和矛給他們看。第二天早上，布萊恩和大維去設有陷阱的地方。他們穿著雪鞋，小狗拉著雪橇跟在後頭，載著死在陷阱中的海狸。不到一星期，布萊恩幾乎成為這家的一分子。過了兩個星期，他強迫自己記住自己獨自生活和獲救的事。第三個星期結束之前，他看見小飛機在空中盤旋，降落在結冰的湖面上，事實上，他幾乎不太想走。這森林已經成為他生命中的一部分——它的溫度似乎與他的脈搏和呼吸融合——當他在幫斯彭一家人替飛機卸貨時，他想，如果他像一家人般地卸貨，他可能就會留在這裡看飛機離開。

但是當所有東西卸下來後，駕駛看著他，抬頭看著天空說：「天氣要變差了——我要在壞天氣來臨之前離開……」布萊恩站在飛機旁，手放在機翼的桿子上，看著站在補給品旁的斯彭一家人。

經過一夜又一夜的茶敘、分享油膩的背肉，以及談話，大維對布萊恩已經很瞭解，也明白他為何猶豫不決。他離開那堆補給品向前走，笑著對這一切揮手，整個鄉村、所有的樹木、湖泊還有天空，以及所有的一切。他拍拍布萊恩的肩膀，說：

「等你回來時，所有東西都還在這裡，我們會讓湯一直熱著……」

然後布萊恩轉身，走進飛機裡。

手斧男孩 冒險全紀錄（十萬冊紀念版）

★誠品書店年度TOP100青少年類第一名！
★博客來網路書店年度百大！
★美國最受年輕讀者歡迎的作家之一蓋瑞．伯森最膾炙人口的系列作品！
★騙倒《國家地理雜誌》的13歲男孩求生傳奇！
★美國紐伯瑞文學大獎（Newberry Honor Books）肯定！
★暢銷全球2,000,000冊！

手斧男孩 首部曲

★博客來網路書店親子共享類暢銷排行第二名

吃漢堡長大的13歲紐約少年布萊恩，因飛機失事，墜落在杳無人煙的森林中。他幸運逃過一死，卻必須獨自面對絕望、恐懼、大黑熊、不知名的野獸，沒有食物、沒有手機和無線電，身上唯一的工具，只有一把小斧頭，布萊恩如何面對前所未有，且關乎存亡的挑戰？

手斧男孩❷領帶河

這一次，布萊恩不再是孤獨一人，政府派來的心理學者德瑞克將陪他進行觀察並紀錄下一切。可是，一場暴風雨中，德瑞克被閃電擊中，昏迷不醒，無線發報機也失靈！布萊恩必須帶著命在旦夕的德瑞克到百哩外求救。布萊恩唯一的機會是一艘木筏和一張地圖，順著河流，一場與時間相搏的河上求生，慌張開跑……

手斧男孩❸另一種結局

蓋瑞．伯森改變了布萊恩在《手斧男孩》中終於獲救的結局，並隨著嚴冬來到，他讓布萊恩面對更嚴峻的挑戰。置身大雪冰封的森林之中，孤獨一人的布萊恩如何面對致命的嚴冬？如何讓自己生存下去？

手斧男孩❹鹿精靈

經過大自然的重重試煉後，布萊恩回到現代化城市，卻感到比在荒野之中更孤立無援。唯一的解決之道就是，必須重回荒野大地，只有回到曠野之中，布萊恩才能找回自己真正的生命道路。

手斧男孩❺獵殺布萊恩

勇敢面對重重考驗之後的布萊恩，對於大自然的愛遠甚於所謂文明世界。一天，當他紮營在森林中一處湖畔時，意外發現了一隻受傷的小狗。當布萊恩悉心照料這隻小狗時，也想起了住在營地北方的克里族友人。直覺與不安告訴布萊恩，必須盡速趕往北方。北方森林裡肯定出事了，帶著忠心的新夥伴，布萊恩展開了一場救援朋友的狩獵行動。

手斧男孩❻英語求生100天：手斧男孩中英名句選

讀《手斧男孩》不只可以學到野外求生技巧，也不只是看到布萊恩面對挑戰時的勇氣與機智。讀《手斧男孩》還可以學英文！作者蓋瑞．伯森善流暢簡練的英文，是學習英文的極佳範本，跟隨《手斧男孩》精采的情節前進，也讓你的英文向前衝！

故事盒子 3

手斧男孩³ 另一種結局（十萬冊紀念版）

作者 蓋瑞・伯森Gary Paulsen
譯者 鍾苑文、陳雅菁

野人文化股份有限公司

社長 張瑩瑩
總編輯 蔡麗真
主編 陳瑾璇
責任編輯 李依蒨、李怡庭
校對 袁若喬
行銷企劃經理 林麗紅
行銷企劃 蔡逸萱、李映柔
封面設計 李東記
內頁排版 洪素貞

出版 野人文化股份有限公司
發行 遠足文化事業股份有限公司 (讀書共和國出版集團)
地址：231新北市新店區民權路108-2號9樓
電話：（02）2218-1417 傳真：（02）8667-1065
電子信箱：service@bookrep.com.tw
網址：www.bookrep.com.tw
郵撥帳號：19504465遠足文化事業股份有限公司
客服專線：0800-221-029
法律顧問 華洋法律事務所 蘇文生律師
印製 成陽印刷股份有限公司
初版 2005年9月
二版首刷 2012年6月
二版40刷 2023年7月

歡迎團體訂購，另有優惠，請洽業務部（02）22181417 分機 1124

國家圖書館出版品預行編目資料

手斧男孩 . 3, 另一種結局 / 蓋瑞 . 伯森 (Gary Paulsen)
著 ; 鍾苑文 , 陳雅菁譯 . -- 二版 . -- 新北市 : 野人文化
出版 : 遠足文化發行 , 2012.06
面 ; 公分 . -- (故事盒子 ; 3)
譯自 : Brian's winter
ISBN 978-986-5947-06-4(平裝)

874.59 101008119

野人文化
官方網頁

野人文化
讀者回函

手斧男孩
另一種結局

線上讀者回函專用
QR CODE，你的寶
貴意見，將是我們
進步的最大動力。

野人

野人文化
讀者回函卡

姓　名　　　　　　　　　　　　□女 □男　年齡

地　址

電　話 公　　　　　　宅　　　　　　手機

Email

學　歷 □國中(含以下) □高中職　□大專　□研究所以上

職　業 □生產/製造　□金融/商業　□傳播/廣告　□軍警/公務員
□教育/文化　□旅遊/運輸　□醫療/保健　□仲介/服務
□學生　□自由/家管　□其他

◆你從何處知道此書？
□書店　□書訊　□書評　□報紙　□廣播　□電視　□網路
□廣告 DM　□親友介紹　□其他

◆你以何種方式購買本書？
□誠品書店　□誠品網路書店　□金石堂書店　□金石堂網路書店
□博客來網路書店　□其他 ______________

◆你的閱讀習慣：
□百科　□生態　□文學　□藝術　□社會科學　□地理地圖
□民俗采風　□休閒生活　□圖鑑　□歷史　□建築　□傳記
□自然科學　□戲劇舞蹈　□宗教哲學　□其他

◆你對本書的評價：（請填代號，1. 非常滿意　2. 滿意　3. 尚可　4. 待改進）
書名 _____ 封面設計 _____ 版面編排 _____ 印刷 _____ 內容 _____
整體評價 _____

◆你對本書的建議：

廣　告　回　函
板橋郵政管理局登記證
板橋廣字第143號

郵資已付　免貼郵票

23141
新北市新店區民權路108-3號6樓
野人文化股份有限公司 收

請沿線撕下對折寄回

書名：手斧男孩 3 另一種結局（十萬冊紀念版）

書號：0NSB4003